浪人若さま 新見左近
決定版【九】

大名盗賊

佐々木裕一

双葉文庫

目次

徳《とく》川《がわ》家《いえ》宣《のぶ》

江戸幕府第六代将軍
寛文《かんぶん》二年(一六六二)～正徳《しょうとく》二年(一七一二)

寛文二年(一六六二)四月、四代将軍徳川家綱《いえつな》の弟で、甲府《こうふ》藩主徳川綱重《つなしげ》の子として生まれる。綱重が正室を娶《めと》る前の誕生であったため、家臣新見正信《にいみまさのぶ》のもとで育てられる。

寛文十年(一六七〇)、九歳のときに認知され、綱重の嗣子《しし》となり、元服後、綱豊《つなとよ》と名乗る。延《えん》宝《ぽう》六年(一六七八)の父綱重の逝去《せいきょ》を受け、十七歳で甲府藩主となる。将軍家綱が亡くなった際には、世継ぎとして候補に名があがったが、将軍の座には、叔父《おじ》の綱吉《つなよし》が就《つ》いた。

五代将軍綱吉も、嫡男《ちゃくなん》の早世《そうせい》や、長女鶴姫《つるひめ》の婿《むこ》である紀州《きしゅう》藩主徳川綱教《つなのり》の死去等で世継ぎに恵まれなかったため、宝永《ほうえい》元年(一七〇四)、綱豊が四十三歳のときに養嗣子となり、江戸城西ノ丸《にしのまる》に入り、名も家宣と改める。宝永六年(一七〇九)の綱吉の逝去にともない、四十八歳で第六代将軍に就任する。

将軍就任後は、生類憐《しょうるいあわれ》みの令をはじめとした、前政権で不評だった政策を次々と撤廃《てっぱい》。間部詮房《まなべあきふさ》を側用人《そばようにん》として重用し、新井白石《あらいはくせき》の案を採用するなど、困窮《こんきゅう》にあえぐ庶民のため、政治の刷新をはかり、万民に歓迎される。正徳二年(一七一二)、五十一歳で亡くなったため、治世《ちせい》は三年あまりとごく短いものであったが、徳川将軍十五代の中でも一、二を争う名君であったと評されている。

浪人若さま　新見左近　決定版【九】

大名盗賊

本書は２０１５年６月にコスミック・時代文庫
より刊行された作品を加筆訂正したものです。

第一話　夜鷹狩《よたかが》り

※

本所《ほんじょ》と中之郷《なかのごう》を流れる横川《よこかわ》の対岸には、小梅村《こうめむら》の田畑が広がっている。

このあたりは、夜ともなれば人目もあまりないとあって、私娼《ししょう》の夜鷹《よたか》が、茣《ご》蓙《ざ》を抱えて商売をする、知る人ぞ知る場所であった。

この夜、江戸の町は月明かりもなく、闇に包まれていた。

土手の茣蓙の上では、肌を露《あら》わにした夜鷹が手足を絡め、色っぽい声を出して客を喜ばせている。

辻灯籠《つじどうろう》の淡《あわ》い明かりの中には女が立ち、春を買いに来た客に声をかけて誘っている。

町奉行所の目も届かぬとあって、この光景は深夜まで続く。

夜遅くなればなるほど、酒に酔った客が来るので、にぎやかさが増すのである

が、そのにぎやかさを嫌う者もいて、

「静かな場所に行こうじゃないか」

と、中年の客が夜鷹を誘った。

年増の夜鷹は、客の身なりを見て、商家のあるじか番頭と見抜き、上客を捕まえたことに喜んで、

「どこにでも、連れていってくださいな」

などと甘えた声で言い、腕を絡めて歩んだ。

求められるままに男を喜ばせ、代金の他に、たんまりと心づけをもらった夜鷹は、これで当分働かなくていいと思い、長屋に帰った。

通い慣れた道だけに、ちょうちんも持たずに歩んでいると、後ろからついてくる者がいることに気づいた。

夜鷹は立ち止まり、後ろを振り向く。

すると、足音もぴたりと止まった。

歩き出すと、ふたたび足音も続く。

気の強い夜鷹は、女を買う金もない宿無《やどな》しがついてきたに違いないと思ったらしく、振り向いて声を荒らげた。

「文無しに用はないんだ、帰りな！」

だが、暗闇に潜《ひそ》む者は動かず、黙っている。

気味が悪くなった夜鷹は、辻灯籠がある道へ向かった。

足音が近づいてくる。

夜鷹は小走りで急ぎ、辻灯籠を通り過ぎたところで後ろを振り向いた。

跡をつける者が明かりの中に現れるのを見てやろうと思ったが、誰も姿を見せなかった。

顔を見られるのを恐れて、引き返したに違いないと思った夜鷹は、

「ふん、意気地《いくじ》なしめ」

見えぬ相手を罵倒《ばとう》して、商家が並ぶ辻を右に曲がった時、目の前に人が現れたので驚き、目を見開いた。

「ちょいと、びっくりするじゃないか」

言った刹那《せつな》、夜鷹は袈裟懸《けさが》けに斬られた。

だが、剣の腕が未熟なせいで、即死ではなかった。

悲鳴をあげて倒れた夜鷹は、這《は》って逃げようとした。

「誰か！　誰かぁ！」

大声で助けを求めたが、寝静まった町に人気《ひとけ》はない。

曲者《くせもの》は、夜鷹の背中に刀を突き入れてとどめを刺し、走り去った。

一

新見左近《にいみさこん》は、甲府《こうふ》藩主としての政務をこなしていたのだが、亡き養父《ちち》、新見正信《まさのぶ》にかわって側近となった間部詮房《まなべあきふさ》が目を離した隙《すき》に、根津《ねづ》の藩邸を抜け出した。

間部は元々は「間鍋《まなべ》」と称していたが、左近の側近として働くことが正式に決まり、姓を「間部」と改めていた。

山のような書類を抱えて戻ってきた間部が、もぬけの殻《から》となった左近の部屋に入り、呆然《ぼうぜん》としている。

勘定方《かんじょうかた》として仕《つか》えている雨宮真之丞《あめみやしんのじょう》が、同じように書類を抱えてきたのだが、間部の横に並び、ため息をついた。

「やられましたね」

「うむ、やられた」

間部は不機嫌に応じ、書類を左近の文机《ふづくえ》に積み上げた。

雨宮も書類を置き、間部に言う。

「お琴《こと》様の店に、迎えを行かせますか」

「いや、近頃休まれておられぬから、たまにはいいだろう。我らは、殿がひとつひとつ目を通されなくてもすむように、この書類を理解しておこう」

間部が書類を読みはじめたので、雨宮もそれに倣《なら》った。

浅草《あさくさ》にくだった左近は、花川戸町《はなかわどちょう》のお琴の店に行き、庭に咲く山茶花《さざんか》を眺《なが》めながら酒を飲んでいた。

薄紅色《うすべにいろ》の花を愛《め》で、久方ぶりののんびりしたひと時を過ごしていたのだが、昨日までの激務に疲れていたせいか、いつの間にか眠ったらしい。

お琴が羽織《はおり》をかけてくれたのに気づいて目をさまし、起き上がろうとした拍《ひょう》子《し》に傍《かたわ》らに置いていた徳利《とくり》を倒してしまった。

「や、これはいかん。酒がもったいない」

慌《あわ》てる左近に、お琴がくすくす笑う。

「まるで権八《ごんぱち》さんみたい」

手拭《てぬぐ》いでこぼれた酒を拭《ふ》きながら言われ、左近もおかしくなって笑った。

「お昼は何がいいですか」

左近の正体を知っているお琴であるが、殿様扱いしないところが、気持ちを楽にさせてくれる。

あくまで、新見左近として接してくれるお琴に答えを返す。

「雑炊《ぞうすい》がよい」

およねが作る出汁《だし》が絶品で、寒い季節には食べたくなる。

うなずいたお琴が、およねに頼むと、

「ようございます」

二つ返事で応じて、しばらくして鍋《なべ》ごと持ってきてくれた。

「すまんな、およね殿」

「いいんですよう」

およねが手際よく器《うつわ》を並べて、お琴のぶんもれんげを揃《そろ》える。

「ささ、冷めないうちにどうぞ」

左近は、添えられていた葱《ねぎ》を載せ、れんげを口に運ぶ。

「旨《うま》い。身体も温まるようだ」

「よかったですね」

およねが上機嫌で言い、お琴に顔を向けた。

「お客さんが少ないですから、おかみさんも今のうちに食べてくださいな」

左近が笑みでうなずくと、お琴は素直に応じた。

立ち去るおよねに、お琴が言う。

「すぐ行くから」

「いいんですよ。左近様が久しぶりに来てくださったのですから、ごゆっくり。ねえ、あ、そうだ。お店はあたしにまかせて、お出かけになったらいかがです。左近様」

およねに背中をたたかれて、雑炊をすすっていた左近が噴き出した。

「あら、失礼」

およねはそう言って、店番に出ていった。

「もう、およねさんたら」

お琴が新しい手拭いを持ってきて、汚れた手を拭いてくれた。

「お召し物が汚れていませんか」

「うむ、大丈夫だ」

左近は器とれんげを置き、お琴を見た。

「お琴」

「はい」

「今夜の夕餉《ゆうげ》は外でとろうか」

お琴が驚いた顔を上げた。

「最近評判の料理茶屋ができたと小五郎《こごろう》から聞いたのだ。少々値は張るが、料理の味は絶品らしい」

「それは嬉しいのですが……せっかく左近様がいらしたのに夕餉をご一緒できないと、権八さんが機嫌を悪くしてしまわないか……」

お琴が困ったような顔をしたので、

「およね殿がうまくなだめてくれるだろう」

左近が言うと、お琴は明るい笑みを浮かべてうなずいた。

夕方までくつろいでいた左近は、お琴が出かける支度をすませると、二人で噂《うわさ》の料理茶屋に向かった。

お琴の店から四半刻《しはんとき》（約三十分）ほどの場所にある料理茶屋は、大店《おおだな》のあるじや大身《たいしん》旗本と思《おぼ》しき武家など大勢の客たちでにぎわい、大繁盛《だいはんじょう》していた。

左近とお琴が通された座敷からは中庭が眺められた。ぱっと目についた灯籠の明かりはいい雰囲気に座敷を照らし、中庭に咲く梅の花も鮮《あざ》やかに見える。

お琴は座敷に入った時に感動の声をあげ、たいそう気に入ったようだ。

次々と運ばれる季節の料理の味もよく、二人で堪能《たんのう》したのちは、しばらく中庭で満開の梅の花を楽しみ、店をあとにした。

満天の星を眺めつつのんびりと歩みながら、左近はお琴の手をそっとにぎった。

「寒うはないか」

冷えた手のひらを温めるように両手で包むと、お琴は嬉しそうな笑みを向けてくる。

そんなお琴を見ていると、正室に迎えられぬ寂しさが、左近のこころを締めつけた。

以前、側室として屋敷に入ることを拒《こば》んだお琴は、左近が店に来てくれればそれで十分だと言ったが、こうして藩主としての政務に忙殺《ぼうさつ》されて会えぬとなると、そばにいてくれたら、とよりいっそう思う時がある。

とはいえ、左近は将軍家親藩《しんぱん》として、五摂家《ごせっけ》筆頭の近衛《このえ》家から正室を迎えている身。

お琴に、再度側室を申し込むことは厚かましいと思い、左近はこうして会いに来ているのだ。

左近が考えごとをしているのに気づいたお琴が、

「いかがされましたか」

と、小声で訊《き》いた。

左近は微笑《ほほえ》み、

「いや、なんでもない」

そうごまかすと、お琴の手を引き、足を進めた。

小道を歩んでいると、芸者を何人も引き連れた商人風の男が前から歩んできたので、左近はお琴を後ろに隠すようにしてすれ違う。

すると、商人風の男が立ち止まった。

「おや、お琴さんじゃありませんか」

辻灯籠の明かりで、顔がわかったらしい。

お琴が立ち止まり、

「あら、若旦那」

と、明るく応じた。

途端に、芸者たちがお琴に品定めするような目を向けてくる。

互いにあいさつを交《か》わしただけで、若い商人風の男は、左近に深々と頭を下げて歩んでいった。

「行きましょう」

お琴が手を引くので、左近は去っていく商人風の男に振り向いた。

「あの者とは、親しいのか」

「はい。時々、お店に足を運んでくださいます」

左近が立ち止まり、お琴を見た。

すると、お琴が訊く顔を向ける。

「いや、なんでもない」

左近は一瞬だけ、焼《や》き餅《もち》を焼いた。

そんな自分に慌てて、

「行こうか」

と言って歩みを進める。

お琴が、左近の様子を見てくすりと笑う。

「今のは、上野北大門町《うえのきただいもんちよう》の松坂屋《まつざかや》さんの若旦那です。扱う呉服が大奥に認められて、今や飛ぶ鳥を落とす勢いらしいのですが、若旦那は遊びがお好きなようで、店に来られては、女はどのような品を喜ぶのかって、訊かれるんですよ。たくさん買っていただけるので、それはそれでいいのですが」

「さようか。では、大事な客の一人ということか」

「はい」

左近はこころの中で胸をなでおろし、話題を変えた。

「それにしても、あの店の梅の木は見事だったな。夜桜ならぬ夜の梅見もいいものだ」

「はい。いつか権八さんとおよねさんも連れていってあげたいですね」

お琴が歩きながら嬉しそうに応《こた》えたが、道がえぐれていたのか、急に身体の均《きん》衡《こう》を崩した。

「きゃっ」

転びそうになったお琴の手を、左近が咄《とっ》嗟《さ》につかんだ。

思わず強く引っ張りすぎ、後ろによろけたが、なんとか踏みとどまる。

「足下《あしもと》がえぐれておったのかな」

左近が言い、お琴の手を離そうとした時、左近の胸にお琴が飛び込んできた。

「お琴」

「少しだけ、このままでいてください」

「お琴、寂しい思いをしているのなら……」

側室に、と言おうとして、左近はぐっとこらえた。

「……すまぬ」

お琴が首を横に振り、抱きついている手に力を込める。

「今日は、帰らないでください」

「わかった」

左近も、お琴を強く抱いた。

二

左近は、鳥のさえずりに目をさました。

お琴はすでに起きていて、姿がない。

障子を開けると、雀《すずめ》たちが飛び立った。

朝の空気が気持ちいい。

お琴が訪《おとな》いに応じる声がした。

戸を開け店に入れたのだろう、廊下の先から男の声がする。

慌てた様子なので、左近が見に行く。

悲痛な面持《おもも》ちをした中年の男が、お琴から話を聞いて、残念そうな顔をして帰ろうとしたので、左近が声をかけた。

「いかがした」

振り向いた男が、寝間着姿の左近に驚き、慌てて頭を下げる。

「朝早くから申しわけございません。とんだ勘違いをしてしまいまして、ほんとうに、申しわけございません」

逃げるように帰ろうとした男を、左近が呼び止める。数々の事件を解決してきた左近の嗅覚《きゆうかく》が、何かあると感じたのだ。

「勘違いとはなんだ」

男は、お琴の顔を見た。

お琴が左近に教える。

「こちらは、松坂屋の番頭さんです。若旦那が、夕べから戻っておられないそうなのです」

「わたしはてっきり、お琴さんと……」

そこまで言って、番頭が左近に申しわけなさそうな顔を向けた。

「若旦那が、いつもお琴さんの話をされていたものですから、その……そういう仲になられたのかと思いまして」

お琴は慌てもせずに言う。

「大きな勘違いです。先ほども言いましたが、芸者を大勢連れておられましたから、どなたかとご一緒だと思いますよ」

「そ、そのことなのですが、芸者衆は皆、帰っておられるのですよ」

お琴が考える顔をした。

「また新しい芸者さんと、仲よくなられたのではないですか？」

「遊びはやめるようにと、旦那様にきつく言われておりますから、馴染《なじ》みの芸者衆以外に手を出されるとは思えないのですがねぇ」

どうしようかと番頭がつぶやき、眉根《まゆね》を下げて困った顔をした。

「何かあるのですか？」

お琴が訊くと、番頭が言った。

「縁談が決まったというのに、芸者遊びをやめられない若旦那を見かねた旦那様が、今度朝帰りしたら勘当だって、おっしゃったのでございます」

「それに反発して、朝帰りをしたのではないか」

左近が言うと、番頭が顔をぶるぶると横に振った。

「とんでもない。若旦那は、もう二度と朝帰りはしないと、二日前に約束されたばかりです。いくらなんでも……」

そこまで言った番頭が、はっと我に返ったように口を閉ざした。

「これはお恥ずかしいことを申しました。今のは忘れてくださいまし。ほんとうに、とんだ勘違いをいたしました。どうぞお許しください」

そう言って帰ろうとした時、表に人が来て、潜《くぐ》り戸《ど》から顔をのぞかせた。

「番頭さん、大変です！　若旦那様が、若旦那様が」

血相を変えた手代風《てだいふう》の若者が言い、戸口にへたり込んだ。

「どうしたんだい」

番頭が訊くと、手代が震える声で告げる。

「若旦那様が大川《おおかわ》に浮かんでいるところを、見つけられました」

「なんだって！」

番頭が外に出て、手代の肩をつかんだ。

「大川のどこだい」

「竹町《たけちよう》の渡しの船着場に、引っかかっていたそうです」

泣きながら言う手代を、番頭が立たせる。

「旦那様とお内儀《ないぎ》様はどうされているんだい」

「旦那様は、夜遊びをするからだとお怒りになったのですが、今、向かっておられます。お内儀様は、お倒れに……」

「なんてことだ」

番頭は、手代を連れて船着場に急いだ。

「気になるので見てくる」

左近は言い、お琴に着替えを手伝ってもらうと、安綱《やすつな》をにぎって船着場に向かった。

松坂屋の若旦那の骸《むくろ》は、本所側に引き上げられていた。

渡し舟が止められていたので、左近は近くの船宿《ふなやど》で猪牙舟《ちょきぶね》を雇い、大川を渡った。

先に川を渡っていた番頭が、引き上げられて筵《むしろ》をかけられていた若旦那にしがみつき、号泣している。

そのそばに、初老の男が呆然と座っていた。

松坂屋のあるじだろう。

骸の顔は、夕べお琴に声をかけた若者に間違いなかった。

「おぬしも来たのか」

声をかけられて振り向くと、お琴の義兄《あに》の岩城泰徳《いわきやすのり》が、険しい顔でこくりと顎《あご》を引く。

泰徳は腕組みをして左近の横に並び、ため息まじりに言う。

「ひどい殺され方だ」

「辻斬《つじぎ》りか」

左近の問いに、泰徳がうなずく。

「だが、腕が悪い。一太刀《ひとたち》で命を絶《た》てなかったらしく、何度も斬られている。こいつは、刀を手に入れた町人か、剣が未熟な武家の小倅《こせがれ》の仕業《しわざ》だな。先日も夜鷹が一人斬られたというから、同じ者の仕業だろう」

「斬られたのは、松坂屋の若旦那だ」

「知り合いか」

「お琴のな。大奥に出入りが許された大店らしい」

左近が、昨日の夜、道で会ったのだと言うと、泰徳がいぶかしげな顔をした。

「芸者を引き連れておきながら、わざわざ本所に夜鷹を買いに来たというのか」

「どういうことだ」

「この先の自身番《じしんばん》に、辻斬りにやられたと言って、夜鷹が助けを求めてきたのだ。

客が殺されると言ったらしい」

「その者に訊けば、下手人《げしゅにん》の人相がわかるのではないか」

「番屋《ばんや》の者が外の様子を見に行って戻ったら、いなかったそうだ。身体を売っていたことを咎《とが》められるのを恐れたのだろう」

「さようか」

「それにしても、運が悪い奴だ。大店の倅なら、芸者と遊んでいればよかったものを」

泰徳は、運ばれていく骸に手を合わせながら言う。

「下手人はおれが見つけてやるから、成仏《じょうぶつ》してくれ」

片手を立てて拝《おが》んでいた左近が、泰徳に顔を向ける。

「相変わらず、夜廻りをしておるのか」

「うむ。本所界隈《かいわい》は町奉行所の目が届きにくいからな。せっかく渡ってきたのだ、道場で汗を流さぬか」

「そうしたいところだが、藩邸に戻らねばならぬ」

「そうか。それは残念だ」

「共に夜廻りをしたいところだが……今日明日は城に行かねばならぬ」

「本所のことは、おれにまかせてくれ。下手人は必ず捕らえる」

「うむ」

左近は、きびすを返した。

「お琴に会ったら、しばらく本所に渡るなと伝えておいてくれ」

「わかった」

左近は手を挙げて言い、大川を渡った。

お琴の店に戻り、松坂屋の若旦那が辻斬りに襲われたことを教えると、泰徳の言付《ことづ》けを伝えた。

「義兄上《あにうえ》にお会いになられたのですか」

「うむ。辻斬りが出るため、夜廻りをしていたそうだ。おれはこれから藩邸に戻るが、辻斬りは弱い者を狙う。くれぐれも、本所には渡らぬように」

「はい」

「城の行事が終われば、また来る」

左近はそう言って、お琴の店を出た。

見送るお琴を中に入れさせて、小五郎の店に行く。

仕事前に朝餉をとりに来た客でにぎわう店に入り、いつもの奥の床几《しょうぎ》に座ると、板場で働いていた小五郎が手を止めて、格子窓《こうしまど》に歩み寄ってきた。

頭を下げる小五郎に、左近が告げる。

「本所で辻斬りが出た。岩城泰徳が一人で夜廻りをしているので、おれが戻るまでのあいだ、手の者を差し向けて手伝《てつど》うてやってくれ」

「かしこまりました」

「辻斬りは、夜鷹のような弱い者を狙って現れる。剣の腕が立たぬようだが、油断せぬように」

「はは」

左近は、かえでが出してくれた茶を一口飲み、根津の藩邸に帰った。

抜け道から屋敷の中に入り、奥御殿の自室に戻ると、

「お帰りなさいませ」

部屋で待ち構えていた間部が薄い笑みを浮かべて言うので、左近は驚いた。

「いつからそこにいたのだ」

「そろそろお戻りになられると思い、つい先ほどからでございます」

などと言うが、正座していた間部が立ち上がると、袴《はかま》に深い皺《しわ》がくっきりと刻《きざ》まれていた。おそらく、夜明けと共に待っていたに違いない。

「急ぎの用があるなら、遠慮せずとも来ればよい」

「はは」

間部は応じたが、よほどのことがない限り、野暮《やぼ》なことをする男ではない。

左近は自室の奥へ進み、登城の支度をした。

間部がそばにつき、溜《た》まっていた書類をひとつひとつ取り上げて、重要なことだけを告げた。

内容を頭に入れているらしく、その記憶のよさは、左近が舌を巻くほどだ。

おかげで左近は登城する前に、書類に花押《かおう》を記し終えることができた。

間部は今、表向きは小姓《こしょう》見習いの小者であるため、登城にも同行せぬが、亡き養父、新見正信が見つけてくれた逸材《いつざい》だけに、左近は奥御殿に置き、重用するようになっていたのだ。

三

この夜、岩城泰徳は、妻のお滝《たき》に戸締まりを命じて見廻りに出かけた。

がっしりと広い肩の上に、角張った顔が載ったような泰徳の姿は、夜道を歩めば迫力があり、無頼の輩《やから》が牛耳《ぎゅうじ》る危うげな場所に足を踏み入れると、虚勢《きょせい》を張っていた者たちが押し黙り、尻尾《しっぽ》を巻いて姿を隠す。

泰徳は、女郎《じょろう》を囲う男の肩をつかんで向きを変えさせると、

「夜鷹の元締《もとじ》めをしている者に会わせてくれ」

そう言って、酒代をにぎらせた。

「こいつはどうも」

ぺこりと頭を下げた男が跳ねるように小走りして、町家の戸をたたいた。

すると、人相の悪い若者が顔を出した。

「なんだい」

「岩城の先生が、郡兵衛《ぐんべえ》親分さんに会いたいとよ」

男が告げると、若い衆が首を伸ばした。

編笠《あみがさ》を着けている泰徳を見て中に引っ込むと、程なくして太った中年の男が出てきた。

「これはこれは、岩城の先生」

強面《こわもて》の郡兵衛は、口に笑みを浮かべているが、目は鋭い。

泰徳は笠の端を持ち上げて、郡兵衛に訊いた。

「郡兵衛、殺された夜鷹は、お前のところの者だな」

それがどうしたという顔で、不機嫌な返事をする。

「へい」

泰徳はうなずき、

「夕べ、大川の近くで襲われた夜鷹もか」

と訊くと、郡兵衛が不気味に笑った。

「旦那、本所界隈の夜鷹は、すべてあっしの物でござんすよ」

「そうか、ならば、その女に訊きたいことがある。会わせてくれ」

「なんのご用で」

「下手人の顔を見ているはずだ。どのような相手だったか訊きたい」

「先生が、仇《あだ》を討ってくださるので」

「お前のためではない。苦心して生きている者たちが、虫けらのように殺されるのが我慢できぬだけだ」

「相変わらずでござんすね」

郡兵衛がくつくつ笑い、下がって戸口を空けた。

「ここにいるのか」

「可哀そうに、唸《うな》ってまさ」

手を差し伸べて促《うなが》され、泰徳は中に入った。

薄汚い路地とは違い、家の中は黒光りがするほど磨かれ、隅々まで掃除が行き届いている。

裏向きの小部屋に寝かされていた女は、額《ひたい》に汗を浮かべて、息を荒くして痛みに耐えていた。

「腕を斬られて熱が出ておりやすので、手短に」

郡兵衛に言われて、泰徳は女のそばに座った。

目鼻立ちがよく、夜鷹に身を落とすにはよほどのわけがあるのかと、泰徳は思った。

郡兵衛は泰徳の考えを見抜いたように、女の素性《すじょう》を話す。

「あっしを頼ってくる前は、浅草で一、二を争う芸者でございましたが、好いた男が嫁にもらってくれねぇことで自棄《やけ》になり、悪い男に騙《だま》されて、こんなところに来ちまったのですよ」

郡兵衛が何度追い返しても来るので、仕方なく置いているのだと聞き、泰徳はぴんと来た。

「その相手は、松坂屋の……」

「そいつは違いやすよ。松坂屋の若旦那は、この女の噂を聞いて渡ってきただけでさ。男気を出して助けてくれようとしたらしいですが、まったく運の悪いことで」

「そうであったか」

泰徳はうなずき、女に訊いた。

「襲った相手のことを覚えているか」

女が目を開けて、泰徳に顔を向ける。

「は、はい」

「どんな奴だ」

「覆面で顔はよくわかりませんが、まだ若いような気がいたしました」

「身なりは武家か、それとも町人か」

「お武家です、浪人のような」

「食い詰め浪人が、憂《う》さ晴《ば》らしにしたことでございましょう。まったく許せねぇ野郎でさ」

郡兵衛が、女の額の汗を手拭いで拭ってやりながら言った。

それを見て、泰徳が伝法《でんぽう》な口調で尋ねる。

「おめぇ、そこまで面倒見てやるなら、どうしてまっとうな仕事をさせてやらねえんだ」

「……旦那、世の中には、どうしても真面目に働けねぇ者もいるんでございますよ。あっしが店を世話しても、雑巾《ぞうきん》がけや人の世話ができないと言って、戻ってくるんですから」

「そういうものか」

「まあ、女を食い物にする輩もおりやすので、あっしらの商売がまっとうだとは言いませんがね」

「夜鷹が狙われているのに、今も働かせているのか」

「働かなきゃ、明日のおまんまにありつけやせんからね。止めても無駄ですよ」

「止めたのか」

泰徳が責めるように訊くと、郡兵衛が目を細め、含んだような笑みを見せた。

「働きたいと言うものを、止められやしませんや。まあ、若い者を増やしておりやすんで、出てきやがったら命はねぇですよ」

郡兵衛の家を出た泰徳は、夜鷹がいる場所へ急いだ。

といっても、夜鷹は方々に散らばっているため、すべてを守るのは難しい。

泰徳が知らぬ場所もある。

「奉行所の連中が大川を渡っていればいいが」

独り言を言いながら、横川の川端を歩んで深川《ふかがわ》にくだり、夜鷹を探した。

それらしい姿を見つけて、声をかける。

「辻斬りに気をつけろ」

言った途端に静かになり、

「商売の邪魔するんじゃないよ」

などと女が怒ったが、泰徳は気を取り直し、一人で歩くなと言って回った。

そしてふたたび北に向かい、夜鷹が殺された場所の近くに差しかかった時、

「人殺し！」

女の声がしたかと思えば、

「ぎゃあっ」

という悲鳴が続いた。

泰徳は走り、悲鳴がした川岸に行く。すると、柳の木の下に女が倒れていた。

抱き起こしてみれば、夜鷹だった。

すでに息絶《いきた》えている。

泰徳は走り去る人影を道の先に見つけて、あとを追おうとした。しかし、目の前に奉行所の小者が現れ、呼子《よびこ》を吹き鳴らす。

構っていれば、逃げられてしまう。

泰徳は、六尺棒《ろくしやくぼう》を持った小者を突き飛ばして、止めようと飛びついた別の小者に平手を食らわしてどかせると、下手人が逃げ去った辻を曲がった。

だが、すでに下手人の影はない。

「ええい」

逃げられたことに苛立《いらだ》ちの声をあげ、斬られた女のもとへ引き返そうとすると、追ってきた小者が六尺棒を突きつけながら叫ぶ。

「御用だ」

泰徳が苦笑いを浮かべると、小者の後ろにいた同心《どうしん》が、鋭い目を向けてきた。

「人違いだ」

泰徳が言ったが、

「番屋まで来てもらおうか」

同心は十手《じって》を突きつけた。

抗《あらが》うと面倒なことになるので、泰徳は素直に従った。

上田《うえだ》と名乗った同心が、泰徳に平あやまりしたのは、番屋に入って程なくのことだ。

番屋に詰めていた町役人《ちょうやくにん》が、泰徳が捕らえられたことに驚き、

「とと、とんでもない。この先生は、夜廻りをして悪党を捕まえてくださる、偉いお人です」

と、身元を証明したからだ。

泰徳が岩城道場の師範だと名乗ると、上田は急に態度を変えて素直に詫《わ》びた。

「大川を渡ったのが初めてなもので、知らぬとはいえ、ご無礼つかまつりました。浪人者が下手人だと聞き、着流し姿の先生を見て、てっきりそうだと勘違いしてしまい……」

「人が斬られたところにいたのだから、間違えられても仕方がない。わかっていただければ、それで結構」

泰徳が言うと、上田は、ほっとした顔をした。

「間違えておいて、お願いごとをするのもどうかと思うのですが……よろしければ、わたしと共に回っていただけませんか」

「共に？」

「いや、お恥ずかしい話、わたしはこれまで奉行所で内勤をしておりましたので、こちらのほうが苦手でして」

刀を持つ仕草をして、苦笑いを浮かべる。

さして迷惑ではなかったので、泰徳は上田の頼みを快諾《かいだく》し、一緒に夜廻りをすることになった。

勘違いからの出会いであったが、泰徳は何日か共に見廻りを続けるうちに、上田とすっかり懇意《こんい》になり、

「一度、道場にまいられよ」

と、上田を招くほどになった。

朝方道場に帰ると、お滝に上田のぶんも朝餉の支度を頼み、二人で食事をした。

八丁堀《はっちょうぼり》の役宅に、年老《お》いた下女と暮らしているという上田は、一度妻を娶《めと》ったのだが、流行病《はやりやまい》で死に別れたという。

これには、お滝が同情し、

「いつでもいらしてください」

珍しく笑みで言うと、台所に下がった。

「実によいご新造《しんぞう》でございますね。うらやましい」

上田が言うものだから、

「さ、さようか」

お滝にまったく頭が上がらない泰徳であるが、まんざらでもない顔をしている。

食事を終えた上田が、

「いやぁ、すっかりご馳走《ちそう》になりました。これでゆっくり休めます。今夜もまた、お願いしますよ」

明るい顔で頭を下げ、八丁堀に帰っていった。

泰徳は昼まで門弟たちに稽古《けいこ》をつけ、昼過ぎから少し休んで、暗くなる前に目をさました。

「上田様から、知らせが届いております」

お滝が言い、今夜の待ち合わせ場所を教えてくれた。

いつもは石原橋《いしわらばし》の辻番《つじばん》前で待ち合わせていたのだが、今日は川上の源森橋《げんもりばし》を起点に、横川町《よこかわちょう》までのあいだを見廻るという。

ここ数日連夜の見廻りが続いているので、さすがにお滝も心配になったらしく、

「あまり無理をなさらないように」

そう言って送り出した。

そろそろ出るのではないか、と泰徳も予感しているだけに、気を引き締めて出かけた。

源森橋に着くと、

「岩城殿！」

上田が手を挙げて呼んだ。

「お待たせした」

「なんの、わたしも今来たところです」

上田が笑顔で応え、共にいた御用聞《ごようき》きが頭を下げる。

「行こうか」

泰徳はそう言って源森川沿いを歩み、横川町へ向かった。

「今夜は横川の河岸《かし》に重きを置いて、下手人が現れるのを待とうかと思うのですが」

「それはよい考え」

泰徳は上田の案に従った。

二手に分かれて見張ることになり、剣術が達者な泰徳は一人で川岸に潜んだ。

上田と御用聞きは、泰徳がすぐ駆けつけられる場所に潜み、夜鷹が商売をするのを黙って見ている。

元来、上田は、夜鷹を取り締まる立場にあるはずなのだが、

「しょっ引いても、後味が悪いのですよ」

と言っていた。

食うために必死の女たちを捕まえても、家で幼子《おさなご》が待っていたり、病気の親を抱えている者が多く、その日の稼ぎが途絶えただけで飢《う》えることになる。

夜鷹が狙われているのだから、厳しくすればいいのだろうが、客を取らなければ生きていけぬ者を捕らえるより、守ってやりたいのだと上田は言う。

情け深い上田の力になってやろうと決めた泰徳は、怪《あや》しい者がいないか目を光らせた。すると辻の角から、川の様子をうかがう者がいることに気づいた。

まだ若い。

郡兵衛の家で女が言った、若い男ではないか。

そう思った泰徳は、目を離さずにいたのだが、こちらに気づいた若者が目を見張り、逃げ去った。

「待て！」

泰徳は追いかけた。

町家の角を曲がったところで追いつき、肩をつかむ。

「お放しください……怪しい者ではございません。どうかご勘弁を」

「何ゆえ逃げる」

怯《おび》える若者が、目を合わさずに答えた。

「お、女に、興味があったのでございます」

よく見れば、まだ子供だ。

「お前、いくつだ」

「十三でございます」

泰徳は、小僧の身体を調べた。

刃物は持っていない。

「ここは子供が来る場所じゃない。今度見たら、ただじゃすまんぞ」

「はい、はい」

「行け！」

「ひっ」

泰徳の一喝《いっかつ》で、小僧は転げるように逃げ帰った。

その時、

「きゃあぁっ！」

という女の悲鳴が聞こえた。

「しまった」

泰徳が慌てて引き返すと、河岸に女が立ちすくみ、道で取っ組み合いをしている者がいた。

上田だ。

御用聞きは斬られたのか、腕を押さえて転げ回っている。

泰徳が駆けつけ、上田の腹にまたがって刃《やいば》を突き刺そうとしていた男の腕をつかみ、首を手刀《しゅとう》で打って気絶させた。

「上田殿、怪我《けが》は」

「腕をやられましたが、大事ござらぬ」

黒染《くろぞめ》の羽織が斬られて、血がにじんでいる。

泰徳は気配に気づいた。

振り向くと、抜刀《ばっとう》した侍が猛然と斬りかかってきた。

「てやっ！　むん！」

泰徳は地面を転がって一撃をかわし、返す刀もかわしたのだが、壁際に追いつめられた。

──斬られる。

泰徳が覚悟した時、刀を振り上げた侍の腕に、手裏剣が突き刺さった。

「くっ！」

侍が怯《ひる》んだ一瞬の隙を突き、泰徳が起き上がる。

斬り下ろされる侍の刀をかい潜り、腹の急所に拳《こぶし》を突き入れた。

刀を落とした侍が、腹を抱えて突っ伏し、気絶した。

泰徳が手裏剣が飛んできたほうを見ると、職人風の男が目礼し、立ち去った。

「甲州者《こうしゅうもの》か」

泰徳は独りごち、左近に感謝した。

「勘助《かんすけ》、しっかりしろ」

上田が御用聞きの身を案じたので、泰徳は気絶している下手人と侍の手足を縛り、御用聞きのところに行く。

「おい、傷を見せろ」

「だ、大丈夫です。それより、女を」

御用聞きが言ったが、夜鷹はいつの間にか逃げたらしく、姿が消えていた。

「助けを呼べ」

泰徳が言うと、御用聞きが呼子を吹き鳴らした。

四

自身番に連行された二人は、地べたに敷かれた筵に座れと言われて拒んだ。

「ひざまずけ!」

奉行所の小者が膝《ひざ》の裏を蹴り、無理やり座らせる。

侍が睨《にら》み、まだ前髪《まえがみ》も取れていない若者を気遣《きづか》う。

「若、しばしの辛抱《しんぼう》ですぞ」

若者は応えず、色の白い顔を泰徳と上田に向け、薄笑いを浮かべている。

その目つきは、異様であった。

町方与力《まちかたよりき》の問いには、

「小太郎《こたろう》」

と、名乗った。

番屋で傷の手当てを受けた上田が、小太郎に訊く。

「これまでの辻斬りも、お前がしたことだな」

「小者に話すことなどない」

小太郎はそう言い、蔑《さげす》んだような笑みを浮かべる。

上田が侍に顔を向けた。

「見たところ浪人者のようだが、お前は、この者とはどういう関わりがある。兄か」

「ふん」

侍が顔を背《そむ》けた。

「黙っていられるのも今のうちだぞ。大番屋《おおばんや》に行けば、厳しいお調べがあると覚悟しておけ」

すると侍が、上田を睨む。

「不浄《ふじょう》役人めが、黙って聞いておれば無礼なことを並べおる。貴様、ただではすまぬぞ」

上田が不機嫌な顔をした。

「人殺しの浪人者が、大きな口をたたくな」

侍が鼻で笑い、余裕の表情をした。

二人が沈黙を守ったまま一刻（約二時間）が過ぎ、上田は上役の与力と相談し、大番屋へ連れていく段取りをつけた。

「茅場町《かやばちょう》の大番屋へ行く。立たせろ」

上田に命じられた小者が、縄を打たれた侍と小太郎を立たせ、外に連れ出した。

泰徳があとから出ると、上田が歩み寄った。

「先生のおかげで、助かりました。また後日、お礼にうかがいます」

「当然のことをしたまで。気にせず、遊びに寄ってください」

「では、ごめん」

上田は頭を下げ、下手人の二人を大番屋へ連れていった。

泰徳は道場に帰り、起きてきたお滝に下手人を捕らえたことを話した。

「ようございました」

表情をゆるめたお滝が、台所に行き、熱燗《あつかん》を持ってきてくれた。

泰徳は飲みたい気分だったので喜び、お滝の酌《しやく》を受けてぐい呑《の》みを干す。

「うぅむ、臓腑《ぞうふ》に染み渡る」

お滝は黙って台所に立ち、軽い食事を作りはじめた。

泰徳は手酌《てじやく》で酒を飲み、お滝が出してくれた食事をすませると、井戸端で汗を流して床に入った。

門弟たちが来るまでと思い、眠りに就《つ》いた。

翌朝は晴れ晴れとした気分で目覚め、門弟たちに厳しい稽古をつけていたのだが、昼前になって上田が訪ねてきた。

道場に入ってきた上田は、風呂敷包《ふろしきづつ》みを持っている。

「礼などよいのに」

「これは、ほんの気持ちにございますから」

そう言って菓子箱を差し出した上田は、どことなく浮かぬ様子だ。

「傷が痛みますか」

泰徳が訊くと、上田はかぶりを振った。

「たいしたことはありません」

気になった泰徳は、上田を奥の部屋に招き、膝を突き合わせた。

「何かあったのですか」

訊くと、上田が驚いた顔をした。

「わかりましたか」

「わかりやすい」

泰徳が言うと、上田が首の後ろに手をやり、苦笑いをする。

「まいりました。相手が悪すぎました。昨夜の二人のことです」

「まさか、浪人ではないのですか」

「はい」

「何者なのです」

上田は言うのを一瞬ためらったが、意を決したように泰徳の目を見て告げた。

「あの若者は、駿河大島藩《するがおおしまはん》、大久保丹波守家道《おおくぼたんばのかみいえみち》様のご子息でした」

「なんと……」

泰徳が驚き、目を見開いて言う。

「譜代《ふだい》大名の息子が、辻斬りをしておったか」

「はい。いやぁ、まいりました。お奉行に目から火が出るほど叱《しか》られました。今夜からは、夜鷹の取り締まりです」

「まさか、下手人は」

「はい。ご丁重《ていちょう》に、お帰りいただきました」

上田の言葉には、悔しさがにじんでいた。

「理不尽《りふじん》な。譜代大名の息子でも、罪のない者を斬ったのだ。それを、お咎めなしで帰すとは」

「それが、町奉行所の歯がゆいところです。お奉行も、わたしを叱りながらも、悔しげな顔をしておられました。小太郎と名乗ったご子息が、評定所《ひょうじょうしょ》の役人から辻斬りをしたわけを訊かれ、なんと言ったと思います」

「なんと言ったのだ」

「下屋敷の周囲が汚れているので、大掃除をしたと言ったのですよ」

大島藩の下屋敷は、横川沿いにある。

小太郎は、夜鷹が客を誘う声と、河岸から聞こえる男女の交《まじ》わりの声が耳につき、眠れなかったと訴えていた。

長らく耐え忍んでいたが、どうにも我慢できなくなり、気づけば斬ってしまっていたと言ったのだ。

小太郎の言い分は評定所に認められ、夜鷹を野放しにしていた町役や町奉行の怠慢《たいまん》を咎められたという。

「なんということだ。それでは、斬られた者が浮かばれぬ」

泰徳が悔しがったが、

「こうなってしまっては、どうすることもできませんから、あきらめるしかないですよ」

上田はそう言って、ため息をついて下を向いてしまった。

その日の夜、横川町の対岸にある大島藩の下屋敷では、小太郎が刀を抜き、刀身を見つめていた。

夜鷹を斬った時の悲鳴と、手に伝わる感触を思い出し、不気味な笑みを浮かべる。

廊下に片膝をついた初老の侍が、小太郎に言う。

「若、お刀をお預かりいたします」

「なぜじゃ。余《よ》は掃除をしたのだ。評定所も認めたではないか」

「それは、お父上が手を回されたからにございます。上様は殺生《せっしょう》が嫌いなお方。罪のない者を斬るのは、おやめいただきます」

守役《もりやく》の侍が言い、刀を受け取ろうとしたその時、小太郎は刀を渡すと見せかけて油断させ、守役の腹を刺した。

「わ、若ぁ」

顔をしかめ、苦痛にあえぐ守役を見て、小太郎が言う。

「余は掃除をするのだ。河岸をきれいにすることの何が悪い」

「い、いけませぬ、若」

「黙れ！」

小太郎が叫ぶと、侍が現れた。

泰徳に捕らえられた侍だ。

小太郎が守役を刺していることに驚き、

「若、お手をお離しください」

すぐに駆け寄り、刀に手を添えた。

小太郎が、怯えた声で言う。

「順啓《じゅんけい》、この者が悪いのだ」

「わかっております。あとは、この順啓におまかせを」

順啓に言われて、小太郎は刀から手を離した。

守役が呻《うめ》き声をあげ、順啓に助けを求める。

だが、順啓は刀をさらに突き入れた。

「ぐあっ」

「こたびの責任を取り、あなた様は切腹されたのです」

順啓はそう言うと、守役の腹を横に斬り、切腹したように見せかけた。

刀をにぎらされ、畳に突っ伏した守役を見て、小太郎が嬉々《きき》とした目をする。

「順啓」

「はは」

「今宵《こよい》も河岸の掃除をするぞ、よいな」

順啓は、人の血に飢えた魔物のような小太郎のことを見て、頭を下げる。

「若のことは、それがしがお守りいたします。どうか、ご安心を」

小太郎はうなずき立ち上がると、刀掛けに置かれていた宝刀をにぎり、腰に落とした。

屋敷から出ると、顔を覆面で隠し、夜の町へ行く。

横川の川岸は、辻斬りが捕まったことで安心したのか、いつもより夜鷹が多く、客も大勢集まっている。

そこへ、奉行所の連中が来て、夜鷹と客を追い払いはじめた。

小太郎は、舌打ちをした。

「順啓、場所を変えるぞ」

「今夜は町方が多いようです。日を改めましょう」

「余は掃除をするのだ。誰にも余を咎めることはできぬ。そうであろう、順啓」

小太郎に睨まれて、順啓は頭を下げた。

「そのとおりでございます」

小太郎は、横川の対岸で夜鷹を追い払う役人たちを睨み、川沿いの道を北へ歩み、橋を渡った。

橋の袂《たもと》の柳の下で、男女が話をしている。

小太郎は何食わぬ顔で通り過ぎ、二人の会話を聞いた。

「しょうがないね、この人は。酔ってるのかい」

「酔っちゃいねぇよ。いい思いをさせておくれ」

「他を当たってくださいな」

小太郎が振り返ると、女が笑みで男の手を離し、源森川の川岸へ向かった。

小太郎はひとつ筋が違う道へ入り、赤地の派手な着物を着た女のあとを追う。

源森川に突き当たる三辻《みつつじ》の手前に潜み、女を待った。

下駄《げた》の音がする。

一人だけだ。

小太郎は、刀の鯉口《こいぐち》を切った。

足音が近づくにつれて気分が高まっていくのか、小太郎は目を見開き、瞬《まばた》きをせずにその時を待っている。

そして女の姿が見えるや、抜刀して走り出た。

突然目の前に現れた小太郎に、女が驚き、声を失っている。

小太郎は刀を振り下ろした。

女が悲鳴をあげる。

肩から袈裟懸けに斬ったが、竹を斬るようにはいかない。

「くそっ」

小太郎は、逃げようとする女に、何度も斬りつけた。

斬りながら、笑っている。

「掃除だ。これは掃除だ」

何度も言い、刀を止めようとしない。

順啓が、あまりの光景に顔をしかめ、小太郎の手を止めた。

「若、人が来ます」

刀を取り上げ、女を川に蹴り落とすと、小太郎を屋敷に連れて帰った。

翌朝、本所に渡った新見左近は、竹町の自身番の前に泰徳の姿を見つけて、声をかけた。

悔しげな顔をする泰徳に、何があったのか訊く。

すると泰徳は、小太郎のことを教えた。

「お咎めなしで解き放った日に、また一人斬られた。下手《へた》な斬り口を見る限り、小太郎がやったに違いない」

自身番の中には、筵をかけられた女の骸《むくろ》が眠っている。

「可哀そうに……めった斬りだ」

泰徳が怒りに顔をしかめて言った。

大久保家道を知っている左近は、言葉も出ない。

「あの野郎、汚れた河岸の掃除をしたまでだと言いおった。それを許すお上にとって、夜鷹の命は、虫よりも軽いのか」

「そのようなことはない」

「だったら、何ゆえ咎めない」

左近は返答に窮《きゅう》し、拳をにぎりしめた。

譜代の名門である大久保家に、評定所が気を使ったのだ。

権力の上にあぐらをかき、人を人とも思わぬ者を、左近はもっとも憎む。

身元がわからぬという骸に、左近は手を合わせ、成仏を願った。

無縁墓に運ばれようとした時、町人の男が駆けてきて、番屋に入ろうとした。

小者が止めると、

「女房が昨夜から帰っていないんです」

男は言い、強引に中に入った。

筵をめくるなり、自分の女房だと言って泣き崩れる。

上田が悲痛な顔で声をかけた。

「お前の名は」

「進次《しんじ》です」

「進次、女房は身体を売っていたのか」

「そんなこと、するものですか」

進次が怒気《どき》を含んだ声で言う。

上田がうなずき、訊く。

「だったら、なんで夜遅く一人歩きをしていたのだ」

「あっしが仲間と飲んでいた店に、迎えに来ていたんですよ。来るとは知らなかったもので家に帰ったのですが、姿がなかったので捜していたんでさ。そしたら、知り合いが橋の袂で見かけたと言ったものですから、今まで捜し回っていたんです。川から女の骸が上がったと聞いて、急いで来てみると、こんな姿に……」

「川のほとりを歩いていて、夜鷹と間違えられたのだ」

「旦那、女房を殺した下手人は誰です！」

　訊かれて、上田が口ごもる。

「辻斬りは、捕まったんじゃないんですか！」

　詰め寄られて、上田は悔しげな表情になる。

「教えてください、旦那、誰が女房を殺したんです」

「すまない、進次。言えぬのだ。あきらめろ」

「あきらめろ？　何をあきらめろとおっしゃるんですか」

「相手が悪いのだ。奉行所の力では、仇《かたき》を取ってやることができぬのだ」

「そ、そんな。女房を殺されて、泣き寝入りしろとおっしゃるんですか」

　しがみつかれて、上田は辛《つら》そうに目を閉じた。

「どうすることもできんのだ」

　上田はそう言って外に出ると、泰徳と、その隣に立っていた左近に頭を下げ、奉行所に戻ると言って、逃げるように行ってしまった。

その目に悔し涙がにじんでいたのを、左近は見逃さない。

「奉行所が何もできねぇなら、おれが仇を取ってやる！」

進次が叫んだ。

左近は番屋に入り、女房の手をにぎって、がっくりとうな垂れている進次の肩をたたき、

「仇を討とうなどと思わぬことだ。女房を斬った者のことは、おれにまかせてくれ」

そう告げると、進次が驚いた顔を上げ、その場にいた同心たちが立ち上がり、手を出すなと言う。

左近は同心たちを目で制し、番屋から立ち去った。

「おい、どうするつもりだ」

追ってきた泰徳が訊いたが、左近は答えなかった。

「おい、左近」

前を塞《ふさ》がれて、左近は立ち止まる。

「罪もない者を殺《あや》める輩に、鉄槌《てっつい》をくだす」

「待て、相手は狡猾《こうかつ》だ。乗り込めば、言いがかりをつけられたと返されて、おぬしの立場が危うくなるぞ」

泰徳の必死な様子に、左近はうなずく。

「案ずるな。乗り込んだりはせぬ」

「どうする気だ」

左近は答えず、竹町の渡し舟で浅草に戻った。

五

昨夜のことを言ってくる者もおらず、小太郎が暮らす藩邸は静まり返っていた。

一人で部屋に籠《こ》もり、じっと夜を待っていた小太郎は、明かりも灯《とも》さぬ暗い部屋の中で、ぎらついた目を見開いている。

目の前に刀をかざし、鯉口を切る。

音もなく抜いた刀の刀身に鼻を近づけ、臭《にお》いを嗅《か》ぐ。

風に乗り、川辺の声が聞こえてきた。

女が高笑いをする声。

酒に酔った男が虚勢を張る声。

ここ数年、毎日聞かされている声に、小太郎は笑みを浮かべた。

「獲物がおるようだ。今宵も、狩りをしようぞ」

刀に語るように言い、ぱちりと鍔《つば》を鳴らして納刀《のうとう》すると、廊下に出る。

そこには、黒い着物に黒い袴を着けた順啓が控えていた。

順啓は、廊下を歩む小太郎の背後に黙って従う。

二人は裏門から外に出た。

川岸に行き、対岸にいる夜鷹たちを見て小太郎が言う。

「順啓」

「はい」

「あの者たちは、よほどの馬鹿なのか。それとも、死を恐れておらぬのか」

「用心棒がおりますので、自分たちは襲われぬと思うておるのでしょう」

「さようか」

小太郎はうなずき、歩みを進めた。

対岸に渡り、にぎわう道へ行く。

「ここで見ておれ」

小太郎が言い、柳の先へ歩んだ。

気づいた用心棒が、威嚇《いかく》する目を向けてきた。

「ここは小僧が来る場所じゃねぇ」

そう言われて、小太郎は微笑を浮かべる。

「聞いてるのか」

「これを」

小太郎は手を差し出した。

金を渡されて、用心棒が態度を変える。

「へへ、こりゃどうも。いい子がいるから、案内するぜ」

「自分で選びますから、酒でも飲んでいてください」

小太郎は笑みを浮かべて言い、その場を通してもらう。

用心棒の視線を背中に感じながら、小太郎は夜鷹たちがいる場所へ向かった。

覆面を着けていないので、疑う者はいない。

若い小太郎を見つけた夜鷹が目ざとく近づいてきたが、年増は相手にせず、気に入る女を探して歩む。

そこへ町奉行所の連中が現れ、取り締まりをはじめた。

夜鷹たちが、蜘蛛《くも》の子を散らすように逃げていく。

自分を捕らえた上田という同心がいるのに気づいた小太郎は、路地に入って身を隠し、奉行所の連中が去るのを待った。

程なく静かになったので、小太郎は川岸に出た。

夜鷹たちは去り、河岸には誰もいない。

邪魔をした奉行所の連中を恨《うら》み、鋭い目をした小太郎は、獲物を求めて川下へ向かった。

すると、奉行所の連中が去るのを見計らったように、女が路地から出てきた。

布を頭から被《かぶ》っているが、横顔はかなりの美女。

立ち姿も美しい。

だが、所詮《しょせん》は夜鷹。

下品な笑い声が耳鳴りのように響いてきた小太郎は、女に鋭い目を向けて抜刀し、猛然と走った。

「うおおおっ！」

刀を振り上げ、女の背中を斬らんと打ち下ろす。

だが、女はまるで後ろに目があるかのごとく、小太郎の刃をかわした。

「むっ！」

驚いた小太郎の前で、女が不敵な笑みを浮かべた。

「おのれ！」

小太郎が斬りかかろうとしたその時、暗闇から飛んできた扇子《せんす》に額を打たれ、出端《ではな》をくじかれた。

「だ、誰だ！」

刀を構える小太郎の前に、暗闇から染み出るように、藤色の着流し姿の浪人者が現れた。

新見左近だ。

かえでが左近の横に立ち、小太郎に鋭い目を向ける。

その小太郎の背後から飛んできた小柄《こづか》を、かえでが懐刀《ふところがたな》で弾《はじ》き落とす。

後ろから現れた順啓が、小太郎をかばって前に出る。

「このお方は、大久保丹波守様のご子息であるぞ。無礼は許さぬ」

「罪なき弱い者を斬るような息子を持ち、家道殿は、さぞかし嘆《なげ》いておろう」

左近が言うと、順啓が驚いた。

「貴様、何奴だ」

左近の後ろから、泰徳が現れた。

順啓が目を向ける。

「また貴様か」

と言い、蔑むような顔をした。

「町奉行所が手出しできぬゆえ、浪人者を連れてきたか」

「黙れ、こちらにおわすは、甲府宰相《さいしよう》、徳川綱豊《とくがわつなとよ》様だ」

「何！」

順啓は驚いたが、かぶりを振る。

「嘘《うそ》を申すな。綱豊様が、このような場所におられるはずはない」

「扇子を見ろ」

泰徳が言うと、小太郎が扇子を拾い上げ、さっと開いた。

葵《あおい》の御紋《ごもん》が染め抜かれた布張りの扇子に、目を見開く。

「順啓」

小太郎が言うと、順啓は小太郎の後ろに座り、刀を隠して平伏《へいふく》した。

小太郎もそれに倣い、頭を下げる。

左近が前に出た。

「河岸の掃除などと称し、罪なき者を斬るとは何ごと。そのような不埒者《ふらちもの》を、余は許さぬ。大久保丹波守殿にきつく申しつけるゆえ、厳しい沙汰《さた》がくだると覚悟いたせ」

小太郎は返事をせず、順啓に振り向く。

「このままでよいのか、順啓」

小太郎に言われて、順啓は立ち上がった。

「若、ご安心を。若の邪魔をする者は、誰であろうと闇に葬《ほうむ》ってご覧に入れます」

「順啓、斬れ、斬れ」

小太郎の命に応じて、順啓が抜刀して構える。

「愚《おろ》かな」

左近が言いつつ、安綱を抜いた。

順啓は刀を振り上げたが、左近の剣気に圧《お》されて足が前に出ず、忌々《いまいま》しげな目で睨みつけながら、刀を下段に構える。

対する左近は、正眼《せいがん》に構えたままだ。

順啓が、ふっと前に出た。

裂帛《れっぱく》の気合と共に斬り上げられた刀を、左近は安綱で受け、押さえつける。そして刀を滑らせ、順啓の右腕を切断した。

一瞬のことだ。

刀を落とし、腕を押さえながら呻き声をあげて倒れた順啓を見て、小太郎が目を見開いた。

そして、抜刀せんと刀に手をかけたので、左近が小太郎の首に安綱の刃を突きつけ、紙一重《かみひとえ》で止めた。

「うっ」

恐怖に顔を引きつらせ、刀から手を離した小太郎が、腰を抜かして尻餅《しりもち》をついた。

そこへ、間部が駆けつけた。

間部の後ろには、大島藩の者が従っている。

「殿、遅くなりました」

間部が片膝をつくと、大島藩の者が左近に頭を下げた。

江戸家老と名乗った初老の侍が、この不祥事《ふしょうじ》を左近に詫びた。

左近はうなずき、家老に告げる。

「あとのことは、家道殿におまかせする。江戸の罪なき民は、上様のお子も同然。そのことを忘れぬよう、家道殿に申し伝えよ」

「ははぁ」

平伏する家老を残し、左近はきびすを返した。


数日後――。

江戸城本丸に上がり、将軍綱吉《つなよし》の前に参上した堀田《ほった》大老は、不機嫌極まりない様子で訴えた。

「上様、本所の夜鷹狩りの件でございますが、大久保丹波守殿が、ご子息と家来に腹を切らせたそうにございます」

「うむ」

綱吉の様子に、堀田がいぶかしげな顔をした。

「すでに、ご存じでございましたか」

「先ほどまで、綱豊が来ておったからな」

「綱豊様は、詫びに来られたのですか」

「何ゆえ詫びねばならぬのだ」

「綱豊様は、大久保丹波守殿に厳しい沙汰をくだすよう求めたと聞いております。譜代の大名家にそのようなことをさせるのは、将軍家をないがしろにする行為でございます」

「綱豊が動いたのは、公儀がいたらぬからだとは思わぬのか」

堀田が驚いた。

「何を仰《おお》せです」

「罪なき江戸の民は、余の子も同然。その子を殺めた下手人をなんのお咎めもなしに解き放つとは、そちこそ、余をないがしろにしておろう」

「そ、それは……」

「余が知っておれば、綱豊と同じことをした。何ゆえ知らせなかった」

「たかが夜鷹のことでございますので、上様のお耳に入れるほどのことではないかと」

「その結果、綱豊が正しいことをした。江戸の民は、綱豊に目を向けるであろうな」

「そのようなことは――」

「もうよい、下がれ」

「上様」

「下がれ！」

綱吉が不機嫌に言うと、堀田は何も言えず、頭を下げて部屋から出ていった。

綱吉は、そばに控えている柳沢保明《やなぎさわやすあき》に顔を向けて言った。

「堀田め、余に恥《はじ》をかかせおって」

柳沢はうなずき、綱吉に膝を転じた。

「ご大老は、上様を将軍にしたのは己の力だと申しておるとか。近頃のご大老の振る舞いはまるで天下人のようだと、噂する者がおるようです」

不機嫌な顔を外に向け、綱吉は持っていた扇子を畳に打ちつけた。

「なんとかせねばなるまいな」

綱吉はそう言うと立ち上がり、自室に戻った。

頭を下げ、綱吉のあとに続く柳沢は、打ち捨てられた扇子が折れているのを見て、鋭い目をした。

そして、去っていく綱吉に、聞こえぬ声で言う。

「大老をよく思わぬ者が、いずれ解決してくれましょう」

柳沢は含んだ笑みを浮かべ、綱吉のあとを追って本丸の廊下を歩んだ。

第二話　やけのやんぱち

一

晴れた日の夕暮れ時、お琴の店を訪れていた左近は、谷中《やなか》のぼろ屋敷に帰るために裏口から出ると、路地を歩んで表に回った。

通りに出て、小五郎の店の前を歩いていると、

「あの、もし、そこのお侍」

軒下《のきした》にいた侍に声をかけられたので、立ち止まる。

侍の歳は三十代だろうか。

紋付《もんつき》を羽織《はお》り、麻《あさ》の袴《はかま》を着けた男が、左近に歩み寄ってくる。

「ちと尋ねたいのだが」

侍はあたりを気にして、左近に顔を向ける。

「この道は、吉原遊郭《よしわらゆうかく》に続く道でござるか」

左近は男が示す方角を見て、

「そうだ。まっすぐ行き、突き当たりの土手を左に行けば見えてくる」

行ったことはないが、道順は知っていたので教えると、侍が礼を言った。

向かうのかと思えば、左近の顔を見ている。

左近が訊《き》く顔を向けると、男が一歩前に出て、下からのぞき込むようにしながら口を開く。

「おぬし、暇《ひま》であろう」

藤色の着流し姿の左近を浪人と見たらしく、決めつけて言う。

言葉に上州《じょうしゅう》なまりがある。

左近が黙っていると、

「どうじゃ、わしと共に遊びに行かぬか。金なら心配ないぞ」

懐《ふところ》をどんとたたいて誘う。

「いや、遠慮しておこう」

左近が帰ろうとすると、腕を引っ張った。

「まま、そう言わずに。わしは田舎者《いなかもの》ゆえ、吉原の遊び方がわからぬのだ。ご指南を賜《たまわ》りたい」

「おれも知らぬ」

「浪人にしては粋《いき》な身なりをしておられるそこもとが、華《はな》の吉原を知らぬことはござるまい。ぱあっといきましょうぞ、ぱあっと」

この時、お琴の店からおよねが出てきたので、左近は慌《あわ》てた。

「すまぬ、用があるのだ」

言って立ち去ろうとしたが、侍がしつこく誘う。

およねが気づいたので、左近はきびすを返して小五郎の店に逃げようとした。

すると、暖簾《のれん》を分けて、岩倉具家《いわくらともいえ》が出てきた。

「左近殿、おもしろそうな話をしているな」

そう言うので、左近は岩倉を押して店の中に入った。

かえでが目礼をしたが、話を聞いていたらしく、顔を横にして笑みをこらえている。

「お知り合いか」

侍が言い、岩倉と左近を見くらべ、

「そこもとのほうが、遊びに通じておられそうだ。どうです、わしに付き合ってはいただけませぬか」

と、今度は岩倉を誘った。

岩倉と左近が顔を見合わせたのを見たかえでが、笑いを我慢できなくなったらしく、板場に駆け込む。

岩倉がふっと笑みを浮かべて、侍に言う。

「よかろう。おれが案内してやる」

「おお、ありがたい」

「ただし、吉原は高いぞ」

「いかほどあればよろしいか」

侍に訊かれて、岩倉が答える。

「そうだな、百両はいると思ったほうがよい」

「それだけでよろしいのか」

と、侍が言うものだから、岩倉が驚いた。どうやら、高い額を言ってあきらめさせようとしたらしい。

「あるのか」

岩倉が訊きなおすと、

「ご心配なく」

侍が胸をたたいた。

岩倉は引くに引けなくなり、

「では、行こうか」

つるりとした顔で言い、表に出た。

侍が左近に頭を下げ、岩倉を追っていく。

「行ってしまわれましたね」

小五郎が言い、外に出て岩倉を見ている。

中に入ると、左近に訊く。

「岩倉様は、行かれたことがおありなのでしょうか」

「さて、不思議な男ゆえ、普段何をしているかまったく知らぬ」

「まあ、独り身なのでしょうからよいにしても……あの侍、何者でしょうか」

「さあな。悪い男には見えぬが、岩倉殿は何か感じるところがあって、共に行ったのかもしれぬ」

「なるほど」

「おれは谷中に戻る。岩倉殿が何か言ってくれば、そう伝えてくれ」

「かしこまりました」

左近は小五郎の店を出て、歩みを進めた。

お琴の店の前を通り過ぎようとした時、およねが店から顔を出して、怪《あや》しむ目を向ける。

どうやら、聞こえていたらしい。

左近が、違うと言ってかぶりを振ると、およねはにんまりして頭を下げた。

左近は目を閉じてため息をつくと、谷中の屋敷に帰った。

ぼろ屋敷の門に入る頃には日が暮れて、誰もいない屋敷の中は暗い。

昨日からぼろ屋敷にくだっていた左近は、今夜、ここで人と会う約束をしていた。

その者が、約束の刻限に現れた。

将軍綱吉の側近である、柳沢保明だ。

左近に相談があると言われて、今日会うことになっていたのだ。

相談の内容は、聞かされていない。

柳沢を客間に通した左近は、膝《ひざ》を突き合わせて座り、

「して、相談とは」

あいさつを受けるなり訊いた。

難しい顔をしている柳沢が、左近に言う。

「大老の堀田様のことにございます。近頃、上様に対する意見が多く、しばしば対立なさいます。何か、よからぬ噂《うわさ》を聞いてはおられませぬか」

「よからぬ噂……たとえばどのような」

左近は探りを入れるべく問い返す。

それを悟《さと》った柳沢も、探るような目を向けながら答える。

「上様とご大老の不仲説でございます」

左近は、噂では聞いたことがある。その理由も知っていた。

「お二人が対立されているのは、上様が新たに発布《はっぷ》されようとしているご法度《はっと》のことか」

「やはり、ご存じでしたか」

柳沢は言い、困ったようなため息をついた。

「上様は、徳松君《とくまつぎみ》を亡くされて以来、お世継ぎに恵まれぬことにお悩みでございますが、桂昌院《けいしょういん》様（綱吉の生母）がご寵愛《ちょうあい》の僧から告げられたことを、実行なされようとしております」

「生き物をむやみに殺してはならぬ、ということであったな」

「甲州様は、どう思われますか」

「先日の夜鷹《よたか》狩りにこころを痛められてのことならば、悪い法とは思わぬが」

「上様は、食するための殺生《せっしょう》も禁じようとされております」

左近は驚いた。

「鳥や魚を殺してはならぬと」

「はい」

「堀田殿は、それをやめさせようとして、上様に意見されたのか」

「漁をして生きている者が大勢おりますので、思いとどまるよう説得されております」

「して、上様は」

「発布を見合わされましたが、以来、堀田様を毛嫌いしておられるようで」

「今日来られたのは、余《よ》に仲を取り持てと言うためか」

「いえ。今後、登城なされました際に、上様から殺生を禁ずる法の話が出ても、決してご意見なさらぬよう。このことを、お伝えに参上しました」

「では、発布されるか」

「今は、ご大老がご老中たちを反対派に抱き込んでおられますので、思いとどまっておられます」

「余が反対すれば、謀反《むほん》を疑われるか」

左近が言うと、柳沢が鋭い目を向けてきた。

「ご大老に利用されぬよう、くれぐれも、お気をつけください」

「忠告、肝《きも》に銘《めい》じておこう」

柳沢はうなずき、

「では、これにてごめんつかまつります」

左近に頭を下げると、城へ帰っていった。

左近は囲炉裏端《いろりばた》に座り、紙包みを引き寄せた。

包みを開いて、めざしを手に取る。

「殺生法度、か」

そう独りごち、めざしを見た。

将軍綱吉が周囲の反対を押して発布すれば、江戸だけでなく、日ノ本《ひのもと》中の漁師が生業《なりわい》を失う。魚だけではない。鳥も食せぬとなると、食料が足りなくなり、飢《う》える者が出る。

柳沢は反対をするなと忠告するが、実際に発布されたことを想像すると、気が重い。

「大事にならなければよいが」

左近は、幕閣たちが綱吉を抑《おさ》えてくれることを願った。

めざしを肴《さかな》に酒を飲んだ左近は、根津の藩邸に帰るのが面倒になり、明日の朝帰ることにした。

間部が殺生法度のことを知れば、なんと言うであろうかと思いつつ、読み物をしはじめた。

一刻（約二時間）ほど読み物をして、夜も更《ふ》けたので眠ろうとした時、

「左近殿、おられるか。左近殿」

表の玄関から訪《おとな》う大声がした。

岩倉の声だとわかったので起き上がり、奥の寝所から出た。

玄関に行くと、ちょうちんも持たず、月明かりの下で岩倉が立っていた。右腕に抱えるように連れられているのは、浅草で出会ったあの侍だ。

「いかがした」

左近が問うと、

「話は中でする。邪魔するぞ」

岩倉が神妙な顔をして、うな垂れている侍を連れて玄関に入ってきた。

左近は岩倉の様子を見て、吉原で何かあったのだと思い、居間に通した。

二

「酒はあるか」

岩倉が言うので、左近が徳利《とくり》と湯呑《ゆの》みを出してやると、

「すまぬ」

岩倉は手酌《てじやく》をして、侍に渡してやる。

侍は受け取り、目をきつく閉じて一気に飲み干した。

その様子を見て、自棄《やけ》になっていると思った左近が、岩倉に訊く。

「大金を請求されたのか」

「吉原というのは、恐ろしいところだ。しかし、女はいい。天下人の膝下《ひざもと》だけに、都《みやこ》に引けを取らぬ」

「いくら使った」

左近が訊くと、岩倉が鋭い目を向けた。

「二百両だ」

左近は酌をする手を止めた。驚きの顔を侍に向ける。

侍は黙って酒を飲み続けていた。

岩倉がため息をつく。

「その金の出どころが悪い。せっかくの酒も女も台無しだ」

左近が訊く顔を向けると、

「持っていたのは、藩から盗んだ金だそうだ」

岩倉が言い、顔をしかめた。

「何」

左近は驚き、侍に顔を向ける。

侍は、しょんぼりしている。

「まあ、聞いてやってくれ。この男の気持ちも、わからぬでもない」

岩倉が言い、侍のことを話した。

それによると、侍は名を須崎六右衛門《すざきろくえもん》といい、上州十二万石安田藩《やすだはん》の勘定方《かんじょうかた》で、江戸の上屋敷で仕《つか》えている。

新妻《にいづま》を国許《くにもと》に残して江戸へ来たのが、二年前。

そのあいだ、江戸に女をこしらえるでもなく、国へ帰る日を夢に見ながら、毎日真面目に働いていた。

そして、次の参勤交代《さんきんこうたい》で藩主と共に国へ帰ることが決まり、楽しみにしていた。ところが、国許の親から、妻を実家へ追い返したという驚くべき知らせを告げる文《ふみ》が届いた。

妻は、不義密通《ふぎみっつう》を働いていたのだ。

事実を突き止めた須崎の親は怒り、その日のうちに、嫁を実家へ帰らせていた。親から文が届いたのが一昨日《おととい》で、金を盗んで藩邸を飛び出したのが、昨日のことだという。

「自棄になり、一生に一度の贅沢《ぜいたく》をしたかったそうだ」

岩倉が続けた。

左近が、須崎に言う。

「辛《つら》い気持ちはわからぬでもないが、馬鹿な真似《まね》をした。おぬし、あとのことを考えなかったのか」

須崎は下を向いたまま黙っている。

岩倉が話を続ける。

「様子が気になったので、吉原で別れたあと、跡をつけたのだ。そしたらこ奴、浅草の竹林に入って、腹を切ろうとしたのだ。危ういところを止めたのだが、共に豪遊してしまったおれが、藩に突き出すのは気が引けるので、ここへ連れてきた」

左近は困った。

安田藩は外様《とざま》だが、藩主の加藤志摩守《かとうしまのかみ》は人望も厚く、将軍綱吉の覚えめでたく、幕閣に抜擢《ばってき》されるのではないかと言われる人物だ。

左近も何度か話をしたことがあるだけに、罪を犯《おか》した藩士を匿《かくま》うわけにもいかない。

「自棄になってしたことだ。藩邸に戻り、正直に話して詫《わ》びたらどうだ」

左近が促《うなが》すと、

「このまま藩邸に帰ったところで、濡《ぬ》れ衣《ぎぬ》を着せられたまま罪人として殺されるだけだ」

須崎が吐き捨てるように言い、顔を背《そむ》けた。

岩倉が不機嫌な顔で言う。

「貴様、盗んだと申したではないか。濡れ衣ではあるまい」

「この金のことではござらぬ」

須崎はそう言って、懐から包みを取り出して小判を投げ置いた。

残りは五十両ほどある。

左近は、岩倉と顔を見合わせた。

岩倉が訊く。

「どういうことだ。妻の不貞《ふてい》を知り、やけのやんぱちになってしたことではないのか」

すると須崎が、何かを言おうとして、言葉を呑《の》んだ。そして話を断《た》ち切るように言い放つ。

「浪人者には、わしの苦労などわかるまい。いいか、言っておいてやる。仕官など考えるな。刀を捨てて働け。そのほうが幸せだぞ」

刀をにぎり帰ろうとした須崎を、左近が引き止めた。

「せっかく開けた酒だ。空にして行ってくれ」

「いや……」

困惑した顔をする須崎に、左近が湯呑みを差し出す。

「おぬし、死ぬ気であろう」

「……」

須崎は何も言わず、目を泳がせた。

左近は言う。

「死ぬる前に、酒を楽しみ、胸の中に溜《た》めているものをすべて吐き出してみてはどうか。さすれば、違う世の中が見えるやもしれぬぞ」

須崎は左近を見てから、岩倉に目をやる。

岩倉がうなずくので、須崎は座り、左近から湯吞みを受け取った。

左近が酌をしてやると、須崎は黙って受け、黙って飲んだ。

湯吞みが空になると、申しわけなさそうに酌を受けていたが、酔いが回るにつれ、まるで赤鬼《あかおに》のように顔や首が赤黒くなり、目が据《す》わってくる。

こうなると、この男の本性が出る。

左近が酌をしてやろうと差し出した徳利を奪い、

「貴様も飲め！」

据わった目を向け、ぐふふふ、と意味もなく笑う。

笑ったかと思えば、急に不機嫌になり、袂《たもと》から取り出した帳面を床に投げつけ、書かれている名前を拳《こぶし》でたたいた。

「わしがこのようなことをしたのは、すべてこ奴のせいだ。ちくしょうめ！　ちくしょう!」

今度は腕を目に当てて、嗚咽《おえつ》した。

左近が呆気《あつけ》にとられていると、岩倉が須崎の帳面をのぞき込む。

「勘定組頭《かんじようくみがしら》、若宮棹正《わかみやさおまさ》、悪事……なんだ、これは」

岩倉が声に出して読むと、須崎が嗚咽をやめて、真顔を向ける。

「わしの上役だ」

「悪事とはなんだ」

「字のごとく、奴の悪事の証《あかし》だ。わしが金を盗んだことを奴が咎《とが》めた時のために持ち出したのだが……わしには、卑怯《ひきよう》な真似はできぬ」

「それで、後悔して腹を切ろうとしたのか」

左近が言うと、須崎がうなずいた。

「この者は、どのような悪事を働いておるのだ」

訊く左近に、須崎が帳面に目をやりながら答える。

「女狂いよ。名のとおりに、下の棹《さお》も正してくれればよいのだが……」

神妙な顔で言う須崎の横で、岩倉が帳面を指差し、腹を抱えて笑った。

左近が咳払《せきばら》いをすると、岩倉が真顔になる。

「見てよいか」

左近が言うと、須崎は帳面を渡した。

燭台《しょくだい》を近づけて中を見た左近は、厳しい目を岩倉に向けた。

岩倉が訊く。

「何が書かれている」

左近が帳面を差し出す。

受け取って目を通した岩倉が、須崎に言った。

「これは、横領の証か」

「………」

返事がないので見ると、須崎は湯呑みを持ったまま眠っていた。

「おい、起きろ」

岩倉が肩を揺すったが、須崎は寝言を言って横になり、いびきをかきはじめた。

「まったく人騒がせな奴だが、おれはこの男を放っておけぬ。左近殿」

「うむ」

「これを見て、どう思う」

岩倉に帳面のことを訊かれて、左近が考える。

「これを見る限りでは、かなりの大金が横領されている」

「真面目に働いていた忠義の者が、妻の不貞くらいでここまで荒れるとは思えぬ。この帳面に書かれている上役のことで、よほど腹に据えかねることがあるに違いない。たたき起こして訊いてみるか」

「今夜は寝させてやれ。明日の朝のほうが、より詳しいことが訊ける」

「酔っていたから話したのだ。素面《しらふ》ではしゃべらぬかもしれぬぞ」

「今夜のことを覚えていなければ、この帳面を見せて問いただす」

左近が言うと、岩倉がうなずく。

「案外、厄介《やっかい》なことになるかもしれぬな。いい思いをさせてくれた礼に、力になってやるか。左近殿、手を貸してくれ」

岩倉に頭を下げられるまでもなく、左近は首を突っ込む気でいた。

「なんとか、命だけは救えるとよいが」

左近はつぶやくと、苦悶《くもん》に満ちた顔で眠る須崎の身を案じながら、酒を飲んだ。

三

左近は、かえでが支度をしてくれた朝餉《あさげ》を須崎にすすめた。

正座している須崎は、

「かたじけない」

と言って膳《ぜん》を見たものの、生あくびをして箸《はし》をつけようとしない。

「まだ酔いが残っているようだな」

岩倉が言うと、須崎が辛そうな顔をした。

「潰れるまで飲んだのは、初めてなのだ。正直、朝目覚めて、どうしてここにいるのか、なかなか思い出せなかった」

須崎はそう言って膝を転じ、頭を下げた。

「自棄になっていたとはいえ、馬鹿な真似をするところだった。止めていただき、感謝いたす」

「では、もう腹を切る気はないのだな」

岩倉が念を押すように言うと、須崎がうなずく。そして、袂を探った。

どうやら、帳面を見せたことは覚えていないようだ。

「これか」

左近が言って差し出すと、須崎が目を見張った。

「見たのか」

「見せられた」

左近が涼しげな顔で答える。

須崎が、しまったという顔をして落胆した。

「頼む。忘れてくれ」

「そうはいかぬ」

左近は横領のことを訊こうとしたのだが、須崎が小判を置いた。

「これで忘れてくれ。頼む」

「盗んだ金などいらぬ」

左近の言葉に続いて、岩倉が不機嫌に言う。

「さよう。盗んだ金とわかっていれば、誘いに乗ったりはしなかったぞ」

何か事情がある。

そう思ってついていった岩倉である。

左近が岩倉を見ると、岩倉が目顔を向け、須崎を責める。

「盗《ぬす》っ人《と》の片棒を担《かつ》いだことになる。どうしてくれる」

「どうすればよい。どうすれば忘れてくれる」

左近と岩倉を交互に見る須崎に、左近が言う。

「若宮棹正という者のことを、もう少し詳しく聞きたい。自棄になって昨日のような真似をしたのは、妻の不貞よりも、若宮のことが原因ではないのか」

須崎が驚いた。

「だとしても、知ってどうする」

「おぬしの命を救いたい」

左近が言うと、須崎が意表を突かれた顔をした。

「死なぬと申したではないか」

「すまぬ、まったく信じてはおらぬ」

左近は須崎の顔つきを見て、覚悟のほどを見抜いていた。

一人で帰らせれば、藩邸の門前に帳面を置き、腹を切りかねない。

須崎は、いらぬ世話だと言い、黙り込んでしまった。

岩倉が須崎の肩をたたいた。

「盗んだ金とはいえ、女遊びをした仲ではないか。もはやおぬしは、おれの友だ。若宮のことで腹の中に溜まっているものを、すべて吐き出してみてはどうか。一人で悩むより、三人の知恵を合わせることで、道が開けることもある」

須崎は黙ったままだが、嬉しそうな顔をしたのを、左近は見逃さない。

「さよう。命を犠牲にしたとて、帳面が闇に葬《ほうむ》られたらそれまでだ。若宮某《なにがし》の悪を正したいなら、生きて戦え」

左近の言葉にうなずいた須崎は、ようやく重い口を開いた。

「わしの上役である若宮は、勘定組頭という立場を利用して帳面を書き換え、藩の金を横領し、盗んだ金で吉原へ通っておる。近頃は、太夫《たゆう》を身請《みう》けして妾宅《しょうたく》へも通っている」

「それは、お盛んだな」

岩倉が、薄笑いを浮かべながら言う。

左近が訊く。

「若宮の悪事を知っているのは、おぬししかおらぬのか」

「いる。いや、いたと言うべきであろうな」

須崎が悔しげに答える。

それによると、これまでに、若宮の不正を正そうとした者はいたのだが、狡猾《こうかつ》な若宮の策に嵌《は》まり、藩の金を盗んだ濡れ衣を着せられて、切腹させられていた。

また別の者は、足りないと訴えた金が、その者の私物から出てくるなど、若宮に手を貸している者が勘定方にいるとしか思えぬことがあり、復讐を恐れて、誰も口出しなくなった。

配下の者を完全に黙らせた若宮は、今では吉原での派手な遊びについて自慢するほど、藩の金で豪遊しているという。

話を聞いた岩倉が、須崎に訊く。

「安田藩には、勘定奉行《かんじょうぶぎょう》はおらぬのか」

「おる」

「では、組頭の不正などすぐに見抜くであろう」

須崎がため息をついて、首を横に振った。

勘定奉行はいるにはいるのだが、世継ぎを産んだ藩主の側室の縁者ということで抜擢されたらしい。

「これが、まったく役に立たぬ。元々は鍬《くわ》を振るっていた身分の低い家柄の者で、そろばんも使えない昼行灯《ひるあんどん》。ゆえに、飾りのようなものだ。若宮の不正を見抜くどころか、言いなりだ」

生真面目《きまじめ》な須崎は、好き勝手をする若宮を正せない鬱憤《うっぷん》が溜まりに溜まり、爆発寸前だったのだ。そこに、妻の不義密通の話が入ってきた。

「若宮だけでも腹が立つというのに、奴の弟までも……」

須崎は、拳をにぎりしめた。

「弟が、いかがしたのだ」

左近が訊くと、須崎が悔しげな顔を向けた。

「妻を寝取ったのは、若宮の弟だ」

左近は、なぐさめの言葉もなく、

「さようか」

と言い、目線を下げた。

若宮に腹が立っていたところへ、妻の不貞の相手が若宮の弟だと知り、須崎のこころの箍《たが》がはずれてしまったのだ。

須崎は続ける。

「わしは、自棄になって酒を飲み、酔った勢いで金を盗んだ。気づけば藩邸を飛び出していたのだが、行くあてもない。途方に暮れているうちに死を決意し、死ぬ前に、一生に一度の吉原遊びをしてやろうと思ったのだ」

左近は、須崎の言葉を疑っている。

「ほんとうは、吉原で若宮と刺し違える気ではなかったのか」

左近が言うと、須崎は答えなかったが、薄笑いを浮かべた顔を向けた。

その顔に、そのとおりだと書いてある。

「そうなのだな」

念を押す左近に、須崎は答えず下を向いた。

すると岩倉が、

「なるほど、そういうことだったか」

と言い、左近に顔を向けた。

「吉原に行った時、胡蝶《こちよう》という花魁《おいらん》がいる妓楼《ぎろう》を必死に捜していたのは、実は胡蝶ではなく、若宮を捜していたのだな」

「そうだ」

須崎が返事をして、脇差に手を添えながら不機嫌に言う。

「こいつで若宮を刺し、わしも自害する気だった。不正を記した帳面と大金があれば、いかに昼行灯といえども、勘定奉行が若宮の悪事に気づき、殿にご報告すると思ったのだ」

「それでは、藩の不祥事《ふしようじ》が世間に知られやしまいか」

左近が言うと、須崎が答えた。

「吉原で起きたことは、外に漏れぬと聞いておった」

「ご公儀に話が届かぬと見て、殺す場所に選んだか」

「若宮に恥《はじ》をかかせてやりたかったのだ」

須崎は恨《うら》みに満ちた目を向けると、刀をにぎり立ち上がる。

「すっかり世話になった。もう二度と会うことはあるまい」

そう言って帰ろうとしたので、左近が引き止める。

「忘れ物だ」

置かれたままの小判の包みを見ながら言うと、

「迷惑料だ。何か旨《うま》い物でも食べてくれ」

須崎は告げて、玄関に足を向ける。

左近は小判の包みを持ち、立ち上がった。

「どこに行くつもりだ」

「藩邸に帰る。案ずるな、自害はせぬ」

「罰を受けるつもりか」

「若宮のせいだとはいえ、わしは殿を裏切った。すべてお話しし、罰を受ける」

「ならば、送っていこう」

左近が小判の包みを渡して告げると、須崎が睨《にら》むように言う。

「おぬしも疑《うたぐ》り深い奴だ。自害はせぬ」

「よいではないか。送らせてくれ」

左近の言葉に、

「おれも行こう」

岩倉が続いて、立ち上がった。

左近と岩倉を見た須崎が、あきらめたような笑みを浮かべる。

「わしとしたことが、お節介《せっかい》な奴らに声をかけてしもうた。勝手にしろ。ただし、藩邸の近くまでだ。おぬしらに迷惑をかけてしまっては、殿に切腹を命じられても死にきれぬからな」

「そのようなことにはならぬよ」

言った岩倉に、須崎がいぶかしげな顔を向けた。

「どういうことだ」

「この左近殿はな――」

「岩倉殿」

左近が岩倉の口を制した。

須崎が左近を見ながら訊く。

「左近殿がどうしたのだ」

「なんでもない。さ、行こう」

左近は須崎を促し、ぼろ屋敷を出た。

安田藩の上屋敷は浜松町《はままつちょう》にあるというので、左近は、須崎が藩邸までの道がわかる日本橋《にほんばし》まで案内した。

そこからは須崎の後ろに続き、人の往来が多い通りを歩んだ。

新橋《しんばし》を渡った須崎は、袂を左に曲がり、川岸に向かって歩みを進めた。

すると、肩を並べて歩んでいた岩倉が、左近に小声でささやく。

「おい、この先には」

「うむ」

左近はうなずいた。堀沿いの道の先には、甲府藩の浜屋敷《はまやしき》がある。

そこのあるじの左近は、安田藩の上屋敷がどこにあるか知っていたのだが、浪人者が大名屋敷に詳しければ、何者だと須崎に疑われそうなので、知らぬふりをしていたのだ。

仙台藩《せんだいはん》の広大な上屋敷を右手に見つつ歩み、橋を渡る。

左近は、浜屋敷の中之御門《なかのごもん》に目を向けた。

門番たちが六尺棒《ろくしゃくぼう》を持ち、ぴくりとも動かず警固《けいご》している。

まさか綱豊と思うはずもない門番たちは、橋の向こうを歩んでいる左近を見ても微動だにしない。

中之御門から遠ざかり、会津藩《あいづはん》中屋敷の裏の道を歩んでいた時、左近はふと疑問に思った。

この先は橋もなく、安田藩の上屋敷に行くには舟を使うことになる。

だが、舟を雇える船宿《ふなやど》もない。

何ゆえ大回りをするのか訊こうとした時、須崎が町家のあいだの路地に入った。

裏に行き、堀に並べて浮かべられている舟を橋がわりにして対岸へ渡った。

渡った先は、安田藩邸の裏手の小道だ。

須崎は逃げ出した経路を辿《たど》って、屋敷に戻るつもりらしい。

左近たちが舟を渡ろうとすると、須崎が手で制した。

「見送りはここまで」

そう言うと、ふっと優しい笑みを見せた。

「岩倉殿、楽しゅうござった。新見殿、世話になった」

感謝の言葉と共に、小判の包みを投げた。

左近が包みを受け取る。

「おい」

「迷惑料だ」

須崎はそう言って笑い、きびすを返したのだが、身構えて刀に手をかけた。

左近たちが声をかける間もなく、藩士と思《おぼ》しき一団が現れ、須崎を取り囲む。

生真面目な須崎は必ず戻ってくると踏んで、待ち構えていたらしい。

「若宮の手の者か」

須崎の問いに応じぬ藩士は、抜刀《ばっとう》して斬りかかった。

須崎も抜刀して相手の刀を受けたが、強く弾《はじ》かれ、刀が手から離れた。

「覚悟！」

藩士が大声をあげて斬ろうとした時、腕に小柄《こづか》が刺さった。

「うっ、くっ」

藩士は驚きと苦痛の顔で振り向く。

岩倉が舟を駆け渡り、身軽に堀から上がったので、藩士たちは警戒して離れた。

左近があとに続いて上がる。

藩士が鋭い目を向け、

「須崎に金で雇われたか」

と言いながら、刀を向ける。

岩倉が応《こた》える。

「須崎殿は、藩主の裁《さば》きを受けるために戻ったのだ。通してやれ」

だが、藩士たちは刀を引かず、応じる気配がない。

「やはり、須崎殿に戻られては困る奴の命を受けての狼藉《ろうぜき》か」

岩倉が言い、刀の柄《つか》に手をかけて前に出ると、藩士たちが下がった。

「斬るな、岩倉殿」

左近が言い、抜刀した安綱を峰《みね》に返す。

黙って応じた岩倉が、刀をにぎり替える。

それを見た頭《かしら》と思しき藩士が、

「斬れ！」

命じるや、一斉に斬りかかった。

鬼法眼流《きほうがんりゅう》の猛者《もさ》である岩倉が、片手だけで相手の刀を弾き、肩を打つ。

左近は、葵一刀流《あおいいっとうりゅう》をもって、藩士たちを次々と倒していく。

須崎は、左近と岩倉の剣の凄《すさ》まじさに目を見張り、息を呑んだ。

隣の藩邸の裏門が開き、

「そこで何をしておる！」

藩士が叫ぶや、大勢の者が出てきた。

「左近殿、まずいぞ」

岩倉が言う。

他藩を巻き込んで騒ぎを起こしてしまえば、須崎の立場がますます危うくなると思った左近は、須崎の腕をつかみ、

「出直すぞ」

と一言告げるや、舟を渡って戻った。

安田藩の者が追ってきたので、岩倉が舟の縄を切り、棹で水面《みなも》を滑らす。

跳び越えようとした藩士が堀に落ちるのを尻目に、左近たちはその場から走り去った。

四

増上寺《ぞうじょうじ》門前の一軒家に、一人の侍が駆け込んだ。

出迎えた女が、しとやかな仕草で座り、頭を下げる。

侍が、苛立《いらだ》った声で言った。

「若宮様はおられるな」

「はい」

「すぐに取り次ぎを。急げ」

「お待ちを」

一旦下がった女が戻り、上がるよう促すと、侍は草履《ぞうり》を脱ぎ、廊下を進む。

中庭を左手に見つつ部屋に行くと、酒を飲んでいた若宮が厳しい目を向けた。

侍が廊下に座り、頭を下げた。

「須崎が戻ったか」

若宮に訊かれて、侍はあいさつもそこそこに答える。

「若宮様がおっしゃられたとおり戻りましたが、逃げられてしまいました」

「何」

「申しわけございませぬ。思わぬ邪魔が入りましたもので」

「邪魔とはなんだ。藩の者か」

「いえ、須崎は浪人者を二人、用心棒に雇っておりました」

「たった二人に、八人がやられたというのか」

「幸い、峰打《みねう》ちでございましたので、皆生きております」

「たわけ！　そのようなことはどうでもよい！　この役立たずどもが！」

「申しわけございませぬ」

頭を下げる配下を睨んだ若宮が、杯《さかずき》の酒を干し、苦い顔をする。

「騒ぎが殿に知られてはおるまいな」

「はい。他藩の者が出てきましたが、曲者《くせもの》がうろついていたことになっております」

「須崎はふたたび戻ってくる。屋敷の周囲を見張り、須崎を一歩も中へ入れてはならぬ。見つけ次第、殺せ。裏帳簿を奪い返すのだ」

「はは」

配下の者が帰ると、若宮は手酌で酒を飲み、苛立ちの声をあげた。

見送って戻った女が、若宮の荒れようを見て寄り添い、機嫌を取る。

「怖いお顔」

「言うな。気分が悪い」

「盗まれたのは、そんなに大事な物なのですか」

「お前は何も知らずともよい。まいれ」

立ち上がって手を引き、隣の部屋に連れていって押し倒す。

女は笑みを浮かべて、若宮を受け入れた。

快楽をむさぼった若宮は、女の白い背中を見ながら立ち上がり、身なりを整える。

「お帰りですか」

気《け》だるい声で言い、女が起き上がる。

若宮は女の細い顎《あご》をそっとつかんだ。

「ことがすめばまた来る。それまで、おとなしゅうしておれ」

そう言うと、藩邸に帰った。

勘定方の御用部屋に戻ると、奉行の内田《うちだ》が待ち構えていたように現れた。

「若宮殿、須崎はまだ見つからぬのか。殿がご立腹だぞ」

「申しわけございませぬ。今の今まで、江戸中を駆けずり回って捜しておりましたが、影さえ見えませぬ」

などと、平然と嘘《うそ》をつき、内田の顔色を見る。

内田の様子からして、須崎が藩の金を盗んで逃げたこと以外は、何も露見していない。

ほくそ笑んだ若宮が、さらなる一手を打つ。

「お奉行」

「なんじゃ」

「藩の金を盗んだ不届き者を、これ以上、将軍家のお膝下に野放しにはしておけませぬ。脱藩の罪も合わせて、討ち取るべきです。ただちに討手《うって》をお出しくださいますよう、内田様の名をもって、殿に言上《ごんじょう》願えませぬか」

「言上か」

内田は浮かぬ顔をしたが、勘定方を牛耳《ぎゅうじ》る若宮には逆らえぬ。

「よしわかった。殿にご相談しよう」

そう言うと、藩主がいる表屋敷に足を向けた。

廊下に出て、内田を見送る若宮。

「脱藩者となれば、問答無用の打ち首。奴が何を言おうが、逃げ口上にしかならぬ」

そう独りごちると、ふたたびほくそ笑んだ。

内田の言上を受けた藩主の加藤志摩守は、家老の笹山《ささやま》の賛同もあり、討手を出すことを決めた。

「ただし、江戸の民に危害が及ぶことがあってはならぬ。討つにも場所を選ぶよう、手の者に伝えよ」

加藤の命に応じた笹山が、江戸屋敷の剣術道場におもむき、藩の剣術指南役に命じて人を選出させた。

須崎は、算用をさせれば藩内で右に出る者はいないが、剣術は才覚がない。

そのことは藩内に知られていたので、指南役は自らは出ず、若手四名を選んだ。

そして、探索には江戸屋敷の者が総がかりとなり、二人一組になった藩士たちが、次々と藩邸を出て、江戸の町へ散らばっていく。

左近の命を受け、藩邸の様子をうかがっていた小五郎は、門前の通りに広げていた小間物の商《あきな》いをやめて、谷中のぼろ屋敷へ向かった。

五

日が暮れて暗くなった庭に潜《ひそ》む小五郎から、知らせを受けた左近は、

「ご苦労」

とねぎらい、屋敷の中に戻った。

蠟燭《ろうそく》の明かりの中で、岩倉と須崎が酒を飲んでいるのだが、揺れる火に照らさ

れた須崎は、なんとも浮かぬ顔をしている。

「このまま屋敷に帰れぬとなると、わしはどうやって殿に詫びればよいのだ」

「まあ、飲め」

岩倉が酒をすすめると、須崎は素直に受けた。

左近が二人の前に座り、須崎に言う。

「藩邸の動きが慌ただしいと、知り合いから知らせがあった」

「何」

須崎が驚いた顔をする。

「知り合いに、わしのことを話したのか」

「案ずるな。口は堅い」

「信用できるか」

須崎が怒る。

「なんてことをしてくれた。藩の恥をさらしおって」

怒りのままに刀をつかもうとしたが、鞘《さや》しかない。刀は堀端に置いたまま逃げてきたのだ。

須崎は苛立ち、鞘を床に投げた。

軽い音を立てて転がる鞘を、左近は目で追う。

すると岩倉が、須崎に自分の刀を差し出した。

ぎょっとする須崎に、岩倉が言う。

「これで斬れ」

「い、いや」

どうやら須崎は、初めから左近を斬るつもりはなかったようだ。

「遠慮はいらぬ。使え」

岩倉が刀を押しつけると、須崎は首を横に振った。

ふっと笑った岩倉が、刀を置いて酒をすすめる。そして、左近に目を向けて訊く。

「探索の者が出たのか」

「おそらく」

「となれば、藩主の沙汰《さた》がくだったな」

「ついに、殿が動かれたか」

暗い顔をする須崎に、岩倉が告げる。

「藩の金を盗んで姿を消したのだから当然だ。今頃おぬしは、脱藩者だ。見つかれば、討手が来ると思うておけ」

須崎が、ごくりと空唾《からつば》を呑むので、左近は驚いた。

「まさか、そこまでは考えておらなんだのか」

図星のようで、須崎が丸くした目を向けた。

「妻の不貞の相手が若宮の弟だと知り、我を忘れておったのだ」

「失敗したな」

岩倉が呆《あき》れたように言い、酒を飲む。

「こうなったら、藩邸に押し込み、殿に詫びて腹を切る」

立ち上がろうとする須崎の肩を岩倉がつかみ、押さえつけるように座らせた。

「そういうのを、やけのやんぱちと言うのだ。失敗するのは目に見えている」

「ではどうすればよいのだ！」

「まあ落ち着け。左近殿が考えてくれる」

岩倉にいきなり振られて、左近が目を向ける。

すると岩倉は、素知らぬ顔で酒を飲んだ。

「新見殿、よい手があるなら教えてくれ」

須崎が、頭を下げた。

左近は言う。

「藩の金を盗み、勝手に抜け出した罪は軽くない。だが、死をもって悪を正そうとしたおぬしの忠義は、藩侯もわかってくださろう」

「殿にお目通りが叶《かな》わぬのだから、そのようなこと、気休めにもならぬ」

「明日、おれが会わせてやろう」

左近の言葉に、須崎が首を横に振る。

「おぬしら二人ならば、藩の者を倒して押し入ることができようが、浪人者が大名家に斬り込めば大罪だ。巻き込むわけにはいかぬ」

「押し込みはせぬ」

左近が言うと、須崎が驚いた。

「では、どうする」

「おれにいい考えがある。まかせてくれぬか」

左近に言われて、須崎は岩倉を見た。

岩倉がうなずくので、須崎は左近に顔を戻し、念を押す。

「ほんとうによいのか。命を落とすことになるやもしれぬのだぞ」

左近は鋭い目をして、たくらみを含んだ顔で笑みを浮かべた。

「そのようなことにはならぬ。おれたちは、罪人のおぬしを捕らえて藩に突き出すのだからな」

左近の悪そうな顔に、

「あっ」

須崎が絶句した。

慌てて逃げようと立ち上がったのだが、左近は膝を立てて、須崎の腹に拳を入れて気絶させた。

身体を受け止め、横にさせる左近に、

「手荒な真似をする」

岩倉が平然とした顔で言い、酒を飲んだ。

「罪人として手を縛っておかなければ、藩主の顔を見るなり腹を切りかねぬ」

左近が言うと、岩倉が気を失っている須崎を見てうなずく。

「確かに、この男ならやりそうだ」

左近は須崎の腰から脇差を奪い、手足を縛った。

「これからどうするつもりだ」

「おれに考えがある」

左近は、岩倉に手はずを伝えた。

すると岩倉が、

「おぬしも人が悪い。おれも連れていけ」

と言って、唇《くちびる》に笑みを浮かべた。

六

夜が明けた。

左近は、ぼろ屋敷の蔵からする叫び声に応じて、足を運んだ。

鍵を開け戸を引き開けると、手足を縛られて床に横たわっていた須崎が、身体をくの字にして顔を向けた。

「た、頼む、小便をさせてくれ」

脂汗《あぶらあせ》を浮かべて言うので、左近は縄を解いてやった。

外に飛び出した須崎が、屋敷の厠《かわや》へ駆け込む。

用を足してほっとした顔で出てきた須崎が、外にいる左近を見るなり、

「昨夜はよくも」

怒って拳を振り上げたが、藩士たちを打ちのめした左近に飛びかかる勇気はな

く、思いとどまる。

左近が歩みを進めると、須崎が身構えた。

「よせ。逃げも隠れもせぬ」

「罪人は、罪人らしゅうしておれ」

左近は解いた縄を見せる。

須崎が恨みを込めた目を向けた。

「わしを突き出して、褒美《ほうび》をもらう魂胆《こんたん》だな。五十両もやったというのに、この恩知らずめ」

「恩を受けた覚えはない」

左近はそう言って、縄を持った手を差し出す。

須崎は手を後ろに隠した。

「藩主に詫びとうないのか」

左近が言うが、須崎は疑う顔だ。

「ほんとうに、殿にお目通りできると思うておるのか」

「おれを信じろ。悪いようにはせぬ」

「悪いようにはせぬと言う者ほど、悪いことをするものじゃ」

「なるほど、若宮に言われたか」

須崎は、挑《いど》みかかるような顔をした。

「わしではない。同輩の一人が、出世をちらつかされて、共に若宮の悪事を暴《あば》こうとしていた者を裏切ったのだ。昨日わしを襲った者どもも、まんまと口車に乗せられているに違いない。おぬしもうまいことを言うて、騙《だま》す気であろう」

「では、やめるか」

左近が縄を捨てたので、須崎がぎょっとする。

「おれを信じる信じないは、おぬしの勝手だ。朝餉をとって行くがよい」

左近はそう言って誘い、きびすを返して居間に行こうとしたのだが、

「待て、待ってくれ」

須崎が呼び止め、縄を拾って差し出す。

「悪かった。おぬしを信じる」

左近は振り向き、笑みを浮かべた。

「まずは朝餉だ」

須崎から縄を受け取り、居間に行く。

膳を前にして座っていた岩倉があくびをして、不機嫌に言った。

「待ちくたびれたぞ。飯が冷めてしまったではないか」

左近がすまぬとあやまりながら腰を下ろし、須崎が岩倉の横に座る。

鯖《さば》の塩焼きと漬物《つけもの》に、葱《ねぎ》と豆腐の味噌汁《みそしる》が並べられているのを見た須崎が、岩倉に訊く。

「そなたがこれを」

「いや、左近殿だ。めったに食えぬ代物《しろもの》ゆえ、味わっていただけ」

すると、須崎が膳をまじまじと見る。

「どう見てもただの鯖にしか見えぬが、珍しい魚でござるか」

などと言うものだから、岩倉は鼻で笑い、食事に箸をつけた。

黙って食事をとる左近を見た須崎が、手を合わせて箸を取り、飯を口に運ぶ。

三人は静かに食事をすませると、支度を整える。

程なく、呼びつけていた駕籠《かご》かきが裏口から声をかけたので、

「では、まいろう」

左近が言い、須崎の手を縛り、罪人らしくさせて駕籠へ乗せた。

簾《すだれ》を下ろした駕籠かきに、

「浜松町まで頼む」

と岩倉が告げた。

駕籠かきが、へいと応じて担ぎ上げ、前と後ろで声をかけ合って進む。

左近と岩倉は左右について駕籠を守り、浜松町へ向かった。

日本橋を越えて京橋《きようばし》を渡った時、往来を探索していた安田藩の者が足を止めた。

左近と岩倉は編笠《あみがさ》を着けていたが、京橋をくだる時に顔が見えたらしい。己を峰打ちにした左近に気づき、慌てて相方に教えて、仲間を呼びに走らせた。

「急ぐぞ」

左近は、駕籠かきを急がせた。

新橋を越えると、通りを駆けてくる藩士たちの姿が見えた。

橋をくだり、芝口《しばぐち》の通りをまっすぐ進む左近たちの前に、藩士たちが立ちはだかる。

「その駕籠、止まれ！」

左近が駕籠を止めさせ、前に出る。

陣笠《じんがさ》を着けた若い藩士が、居丈高《いたけだか》に言う。

「駕籠を検《あらた》めさせてもらおう」

「名も名乗らぬ者に、従う気はない」

「安田藩の者だ。人を捜している」

「ここは将軍家のお膝下。往来は勝手であろう」

「黙れ。我らが捜す者が貴様と共にいたところを、手の者が見ておる」

若い藩士は、一団を率《ひき》いる身分のようだ。

左近はうなずき、若い藩士の横にいる侍に目を向けた。藩邸の裏口で須崎を斬ろうとして、左近に峰打ちされた男だ。

「腹の傷は痛まぬか」

左近が言うと、男が挑みかかるような顔をした。

それを見て、上役の若い藩士が驚く。

「なんのことを言うておる」

若い藩士に訊かれて、左近は答えた。

「この者は昨日、藩邸に戻ろうとした須崎殿を、斬ろうとした曲者どもの中にいた」

「嘘を申すな」

若い藩士が怒鳴った。

左近は鋭い目を向ける。

「疑うなら、腹を調べるがいい。おれに峰打ちされた痕《あと》があるはず」

「そのようなこと、あろうはずがない」

若い藩士は、聞く耳を持たぬ様子で睨んでくる。

左近は視線を受け止め、厳しい顔で訊く。

「誰の命で来た。藩主か、それとも若宮か」

「殿の命だ」

「ならば、道を空けよ。罪人の須崎は、おれが藩主に引き渡す」

「駕籠に須崎が乗っているのなら、ここで我らに渡していただこう」

「そちに用はない」

「そちだと」

若い藩士が不服そうな顔をした。

「偉そうに。貴様、何者だ」

「知りたければ、共にまいれ」

左近の堂々とした態度に、

「ご公儀のお方か」

と、若い藩士は怯《ひる》んだ。

峰打ちされた男が抜刀したのは、その時だ。

切っ先を駕籠に向け、突き刺そうと迫る。

岩倉が素早く動き、男の足を蹴り払う。背中から地面にたたきつけられた男の腹に、拳を突き入れた。

呻《うめ》き声をあげる男の着物の前を割り、腹を見せる。すると、左近に峰打ちされた痕が、くっきりと刻《きざ》まれていた。

目を見開く若い藩士に、左近が告げる。

「ここを通せ」

「し、しかし」

「聞かぬと申すなら、押し通るまで」

左近が一歩前に出る。

若い藩士は気圧《けお》され、

「案内する」

と言って、配下の者に、倒れている男を捕らえさせた。

御徒組頭《おかちぐみがしら》の仲岡《なかおか》と名乗った若い藩士は、駕籠の警固を願い出た。

承諾した左近は、周囲の警戒をさせながら藩邸に進んだ。

漆喰《しっくい》の壁が真新しい門の前に到着すると、仲岡が、罪人を表門から入れるわけにはいかないと言い、横手に回って通用門から入った。

手入れの行き届いた広大な庭が広がり、遠くに屋敷が見える。

砂利《じゃり》が敷き詰められた道を進み、表側の廊下の前で駕籠を止めさせた。

障子は閉《た》てられ、屋敷は静まり返っている。

「しばし待たれよ」

仲岡が言い、屋敷に入った。

程なく現れたのは、髪に白髪が目立つ初老の侍と、でっぷりと太り、不機嫌な顔をした中年の侍だ。

初老の侍が廊下に立ち、庭にいる左近と岩倉を見下ろし、扇子《せんす》を向けて言う。

「須崎六右衛門を連れてきたのは、そのほうらか」

「うむ」

左近がうなずく。

すると、でっぷりと太った侍が、庭にいる藩士に命じる。

「駕籠を検めよ」

応じた藩士たちが駕籠の簾を上げ、手を縛られて乗せられていた須崎を引きずり出した。

須崎が、廊下にいる太った侍を睨み、

「若宮」

と、悔しげに名を呼ぶ。

若宮が庭に下り、怒りに満ちた顔を向ける。

「藩の金を盗み、脱藩するとは何ごとじゃ。上役であるわしが成敗し、殿にお詫び申し上げる」

そう言うと抜刀し、刀を振り上げた。

「覚悟!」

叫んだ時、左近が投げた扇子に額《ひたい》を打たれた。

「むっ、何をするか」

刀を下ろして睨む若宮に、左近が言う。

「口を封じるつもりだろうが、そうはさせぬ」

「浪人ごときが、何をほざくか」

ふたたび刀を振り上げる若宮。

だが、岩倉が前に出て須崎を守り、刀の鯉口《こいぐち》を切る。

「どけ！」

「どくものか。おれが相手をいたそう」

岩倉の剣気に圧《お》された若宮が、顔を引きつらせる。

「やめぬか、若宮」

初老の侍が止めた。

刀を下ろした若宮が、初老の侍に言う。

「ご家老、この者どもを生かして帰しては藩の恥。藩邸に忍び込んだことにして、斬って捨てましょうぞ」

江戸家老の笹山が、首を横に振る。

「庭を血で汚してはならぬ。刀を納《おさ》めよ」

笹山が命じたが、若宮は引かなかった。

左近が笹山に目を向ける。

「笹山殿、志摩守殿に話がある」

「貴様、偉そうに」

若宮が言い、左近に刀を向けた。

「やめよ！」

笹山が怒鳴り、若宮と左近のあいだに割って入る。そして、左近にいぶかしげな顔を向けて問う。

「何ゆえ、わしの名を知っておる。どこかで会《お》うたか」

「老《お》いぼれたか、善太夫《ぜんだゆう》」

笹山は下の名を呼ばれて、ようやく思い出したようだ。

「まさか……」

目を見開き、慌てて平伏《へいふく》した。

「甲州様。ご無礼つかまつりました」

「こ、甲州様……じゃと」

若宮は顔面蒼白《そうはく》となり、刀を後ろに回してひれ伏し、藩士たちが一斉にそれに倣《なら》った。

須崎は唖然《あぜん》として、開いた口が塞《ふさ》がらないようだ。

岩倉が縄を切ってやると、腰が抜けたように尻餅《しりもち》をつき、

「数々のご無礼の段、平にご容赦《ようしゃ》を」

と頭を下げた。

「よい。今のおれは、新見左近だ」

左近が言うと、須崎が安堵《あんど》の笑みを浮かべた。

小姓から知らされ、慌てて出てきた藩主の加藤志摩守が、藤色の着流し姿の左近を見てもすぐには気づかなかったらしく、目を合わせてきた。

「志摩守殿、このような身なりで突然押しかけてすまぬ」

左近に言われてようやくわかったらしく、目を見開き、廊下に座って頭を下げた。

「とんでもございませぬ。甲州様にお越しいただき、恐悦至極《きょうえつしごく》にございます」

「ひょんなことから、そちの家臣と知り合いになったのだが、いろいろ話を聞くうちに、黙って見てはおれなくなった。余に免じて、須崎を罰する前に、話を聞いてやってはくれぬか」

「はは」

加藤が応じると、須崎が縁のそばまで這《は》い進み、

「これを、ご覧ください」

若宮の悪事を記した帳面を差し出した。

一介《いっかい》の勘定方である須崎は、この日初めて藩主と言葉を交《か》わし、間近で顔を見た。そのためか、手が震えている。

小姓が帳面を受け取り、加藤に渡したのを見た須崎が、

「藩の大事な金を盗んだこと、お詫び申し上げます」

と叫び、そばにいた小姓の脇差を奪って、腹を切ろうとした。

その手を岩倉が止め、脇差を奪った。

「早まるな」

岩倉がそう言って、須崎の頭をぺしりとたたき、藩主に頭を下げさせる。

左近は加藤に告げた。

「志摩守殿、その帳面に書かれている若宮の悪事を、黙って見過ごさざるを得なかった鬱憤と、妻を奪われた悲しみに負けてしまい、須崎は間違いを犯した。しかし、この者の忠義に、余は感服しておる。どうか、寛大な裁きをお願いしたい」

加藤が笑みでうなずき、若宮に厳しい顔を向けた。

「若宮、きっと厳しい沙汰を申しつけるゆえ、覚悟いたせ」

若宮は目をきつく閉じ、全身から力が抜けたように、地べたに頭をつけた。

「目障《めざわ》りじゃ。連れていけ！」

加藤が命じ、若宮は仲岡に連れていかれた。

半月後、左近は根津の藩邸を抜け出して小五郎の店に行き、岩倉と酒を飲んでいた。

「今日は隣へ泊まるのか」

岩倉が訊くので、左近がうなずくと、

「うらやましい限りだ」

と一言つぶやき、杯を置く。

「帰るのか」

左近が言うと、岩倉が曖昧《あいまい》な返事をするものだから、左近は訊く顔を向けた。

格子《こうし》の奥で仕事をしていた小五郎が、手を止めて口を挟む。

「さては岩倉様、里《さと》に行かれますね」

小五郎が言う里というのは、吉原のことだ。

「いやぁ、そうではない」

岩倉がごまかすような、煮え切らぬ返事をした時、須崎六右衛門が暖簾を潜《くぐ》った。

須崎は藩主の寛大な裁きによって、百たたきだけですまされたいっぽう、若宮は切腹のうえ、お家断絶となった。

須崎の妻を奪った若宮の弟は、家を失い、国許から姿を消したという。

上等な生地《きじ》の紋付袴を着けて現れた須崎は、算用の才を認められ、勘定組頭に抜擢された。

左近が身分を隠していることを知っている須崎が、目礼をして、岩倉に顔を向ける。

「岩倉様、お待たせいたしました。まいりましょう」

「うむ」

左近は、二人を追って出た。

「おい、まことに吉原へ行くのか」

岩倉が振り返る。

「おぬしも行きとうなったか」

「そうではない。須崎、藩の金を盗んではおるまいな」

「と、とんでもございませぬ。今宵《こよい》は、岩倉様のおごりでございます」

須崎が応えると、岩倉が涼しげな笑みを浮かべながら言う。

「盗んだ金でおごられたままでは、どうにも心地が悪いゆえ、仕方なく行くのだ」

左近は肩を並べて吉原に向かう二人を見て、呆れた笑みを浮かべた。

第三話　大名盗賊

※

「い、命ばかりは、助けて」

恐怖に顔を引きつらせながら懇願《こんがん》する女。

寝間着の裾《すそ》が割れ、色白の肌が露《あら》わになっているのに目をとめた男が、覆面の奥の目を見開き、襲いかかろうとした。

その喉元《のどもと》に、ぎらりと刃《やいば》が向けられる。

「うっ、くっ」

男は恐れをなして、目線を転じた。

「か、頭《かしら》」

「遊んでいる暇《ひま》はない。行け」

頭目《とうもく》に睨《にら》みつけられ、手下は立ち去った。

女が怯《おび》えて後ずさる。

黒染《くろぞめ》の忍《しの》び装束《しょうぞく》に身を包む頭目が、刀を鞘《さや》に納《おさ》め、女に背を向けた。

命を助けられると思った女が、安堵《あんど》の息を吐いたその刹那《せつな》、頭目が振り向きざまに手裏剣を投げ打ち、女の眉間《みけん》を貫《つらぬ》く。

目を開けたまま絶命した女の手が、畳にだらりと落ちた。

頭目は女の横に膝《ひざ》をつき、手裏剣を引き抜く。

菱形《ひしがた》で先が細く鋭い手裏剣を寝間着で拭《ぬぐ》うと、障子を開け放った。

裏庭には仕事を終えた手下どもが居並び、奪った金を入れた袋を背負っている。

頭目が手を振ると、手下どもは一斉にきびすを返して、身軽に塀を跳び、隣の商家の屋根に音も立てずに上がると、闇の中に溶け込んだ。

部屋を振り向いた頭目の前には、商家の奉公人たちの骸《むくろ》が横たわっている。

二人の手下が、竹筒《たけづつ》の油を襖《ふすま》に振りかける。

頭目は有明行灯《ありあけあんどん》の火を松明《たいまつ》に移し、襖に火をかけると、手下を引き連れて立ち去った。

火事を知らせる半鐘《はんしょう》が鳴り響く中、音もなく屋根を走っていた頭目が、手を挙げて止まり、身を伏せる。

眼下の道を、町奉行所の役人たちが駆けていく。

頭目は、後ろを振り返った。

商家の瓦屋根《かわらやね》が黒々と並ぶ先で、赤黒い炎が闇を焦《こ》がしている。

「急げ！」

大音声《だいおんじよう》が通りに響き、大名火消《だいみようびけ》しの家紋入りの高ちょうちんが駆けていく。

「お頭、殿がお待ちです」

配下の者に促《うなが》され、頭目の又十郎《またじゆうろう》は闇の中に走り去った。

一

火事が収まったのは、明け方になってからだった。

火を消した大名火消しの連中からあとをまかされた町奉行所の与力が、同心に命じ、小者と人足《にんそく》を使って焼け跡を調べさせている。

根津の屋敷から大伝馬町《おおでんまちよう》まで来ていた新見左近は、戸板に乗せて筵《むしろ》をかけられ、次々と運び出される骸に手を合わせた。

筵が風に飛ばされ、炭のように黒い姿が人目にさらされると、野次馬たちから呻《うめ》くような声があがった。

「人とは思えねぇほど焼けていなさる」

「これで何軒目だ」

「大火事にならなくてよかったよう」

「火の始末は大事だ」

「心中だっていう噂《うわさ》だぜ」

などと言う野次馬たちの中から抜け出した左近は、浅草に行こうとした。

「相変わらず耳が早いな」

声に立ち止まり顔を向けると、岩倉具家が横に並んだ。

先の大老、酒井雅楽頭《さかいうたのかみ》の画策《かくさく》により、将軍の座に祭り上げられようとしていた岩倉は、鬼法眼流奥義「鬼の目」をもって、左近と剣を交《まじ》えたことがある。

「今回も大勢死んだようだが、さっさと片づけるところを見ると、奉行所は先日の火事と同様、失火にする気だ。おぬしが将軍であれば、このような怠慢《たいまん》は許すまい」

岩倉は、左近の器《うつわ》の大きさに惚《ほ》れ込んでいる。

ゆえに、綱吉が将軍の座に就《つ》いている今でも、左近に将軍になれと言ってくるのだ。

左近は岩倉に訊《き》いた。

「おぬしは、どう見ておるのだ」

岩倉は、焼け落ちた店に険しい目を向けた。

「生き残った者が、一人もおらぬのだ。一家心中でなければ、物取りの仕業《しわざ》に決まっている」

そう言うと、忙しそうに歩んできた岡《おか》っ引《ぴ》きに声をかけた。

「おい」

「なんでい」

怒ったように言い返した岡っ引きが、目を見張った。

「こりゃ、岩倉様」

失礼しましたと頭を下げたのは、顔見知りの岡っ引きらしい。岩倉に親しげな笑みを浮かべながら歩み寄った。

「こんなところでお目にかかるとは、岩倉様も物好きでございますね」

「お前はいつも、一言多い」

「あ、こりゃいけねぇ」

「奉行所は、こたびも失火で片づけるのか」

「なんせ焼け跡から見つかるのが、ほとんど骨になった仏ばかりですので、調べようがないのですよ。むごいもので、男女の区別さえつきやせん」

「金蔵はどうなのだ。空になっておらぬのか」

岩倉の問いに、岡っ引きは、ばつが悪そうな顔をした。

「岩倉様の懐《ふところ》具合《ぐあい》をあっしが知らないのと同じで、表向きは派手な商売をしていても、金蔵にお宝があるとは限りませんからね」

「おれが貧乏だと言いたいのか」

「あいや、決してそのようなつもりじゃ。へい」

岩倉が鼻で笑う。

「まあよい。それより、焼けた店の名は」

「へい、将軍家御用達《ごようたし》の味噌問屋《みそどんや》、内田屋《うちだや》で」

「将軍家御用達なら、内証《ないしょう》は豊かであろう」

「いやぁ、それはどうかと。将軍家御用達でも、商《あきな》いのやり方によっては潰れる店もございますんで」

「では、金蔵は空だったのだな」

岩倉が責めるように訊くと、岡っ引きが困った顔をして、頭をかきながら答える。

「八丁堀の旦那方が見ておられますので、あっしの口からは、何も言えませんや」

左近が同心たちを見ると、連中が厳しい目を向けてきた。

「進吉《しんきち》！　早くしろ！」

中年の同心に言われて、岡っ引きが慌《あわ》てた。

「使いがありやすんで、失礼しやす」

ぺこりと頭を下げて、岡っ引きは駆け去った。

「どうやら奉行所は、盗賊の仕業と知っていて、あえて失火と触れているな」

左近が言うと、岩倉が不服そうな顔をする。

「なんのために」

「将軍家御用達の店が賊に襲われたとあっては、江戸の民が不安に思うからであろう。近頃、似たような火事が多い。失火で片づけているのは、何か考えがあってのことではないか」

左近の推測に、岩倉がうなずく。

「おぬしの申すとおりなのかもしれぬ。生き証人が一人もいないとなると、奉行所の探索も、容易ではあるまい。騒がず、静かに探索を進めているということか」

「これが失火ではなく賊の仕業なら、許せぬことだ」

「動くか。動くなら手伝うぞ」

「どけい！」

大音声に左近が顔を向けると、荒々しい声をあげて野次馬をかき分ける一団がいた。

岩倉が、鋭い目を向ける。

「盗賊改《とうぞくあらため》か」

「あの者たちの邪魔をせぬほうがよかろう」

左近は珍しく遠慮した。というのも、将軍綱吉が、盗賊改を増やして江戸の治安を強化すると告げたばかりだからだ。

その矢先に、将軍家御用達商人が賊に襲われては、面目に関わる。

町奉行所が失火と触れているのは、将軍家の面目を保つためかもしれぬと、左近は思った。

盗賊改が焼け跡に近づくと、町奉行所の同心たちが、あからさまに迷惑そうな顔をして、焼け跡から出てきた。

盗賊改の連中は、自分たちが連れてきた人足に、焼け落ちた材木を運び出すのを急がせ、声を荒らげて敷地内を歩き回っている。

「手荒い連中だな。まあ、町奉行所よりは骨がありそうだ」

そう言った岩倉が、左近の腕をつついた。

「腹が減った。煮物でも食べに行かぬか」

「よかろう」

左近は応じて、小五郎の店に足を向けた。

浅草花川戸町に辿《たど》り着き、お琴の店の前まで行くと、まだ店は開いていなかった。

「相変わらず、繁盛《はんじょう》しているのか」

岩倉が訊くので、左近はうなずいた。

「こちらも大繁盛だ」

そう言って岩倉が目を細める先には、朝餉《あさげ》を求める客を相手に忙しく働く、かえでの姿があった。

「かえで殿が甲州様の忍びと知ったら、客はどんな顔をするだろうな」

岩倉は立ち止まり、お琴の店と小五郎の店を交互に見た。

「言わばここは、甲府藩のお忍び屋敷、といったところか」

「おい、からかうな」

左近の声を無視して、岩倉は小五郎の店の暖簾《のれん》を潜《くぐ》る。

「いらっしゃい」

明るく声をかけたかえでが、岩倉の後ろにいる左近に目礼をした。左近が店に入ると、常に空けてある奥の床几《しょうぎ》に案内する。

左近が岩倉と向かい合わせで座ると、格子窓《こうしまど》の奥から小五郎が頭を下げた。

岩倉が口を開く。

「今朝はおれが誘ったのだ。役目ではないので、安心して商売を続けてくれ」

小五郎は黙って頭を下げ、仕事に戻った。

かえでが左近に茶を出し、岩倉の前には、酒と煮物を置いた。

岩倉は相変わらず、この店の煮物がお気に入りのようで、今では左近より顔をのぞかせる回数が多く、小五郎に軽口をたたくのも、気心が知れた仲だからだ。

かえでが酌《しゃく》をしようとしたのを岩倉が止め、ちろりを取って左近に言う。

「今は新見左近なのだから、一杯付き合ってくれ」

杯《さかずき》をすすめられて、左近は受け取った。

「では、一杯だけ」

左近は酒を飲み、岩倉に杯を返して酌をすると、板場で働く小五郎に訊く。

「近頃、頻繁《ひんぱん》に起きている火事のことで、何か噂はないか」

小五郎が包丁の手を止めた。

「将軍家御用達ばかり焼けているので気味が悪い、と町の連中が言っております」

岩倉が杯を置き、腕組みをして言う。

「町奉行所が失火と申しても、二軒三軒と続いては、町の者が怪《あや》しむのも当然だ。盗賊ではないかと疑っている者は、大勢おろう」

左近はうなずいた。

「まことに盗賊の仕業だとすると、何ゆえ、将軍家御用達ばかりを狙う」

「将軍家御用達であれば、蔵に金がある……賊はそう決めつけて、押し込んでいるのだ」

「そうだろうか」

左近が疑問を投げかけると、岩倉が即座に答えた。

「短いあいだに何軒もやる連中だ。内情を調べる手間はかけまい。御用達の中でこれと目星をつけた店を、片っ端から襲っているのだろう」

岩倉の推測は一理あると、左近は思った。

「となると、また御用達を狙うか」

「町奉行所が失火で片づけているのは、盗賊改が御用達の店に網《あみ》を張っているからではないのか。そう考えれば、先ほど見た盗賊改の連中が荒れていたのもわかる」

左近はうなずき、岩倉にすすめられて酌を受け、一口含んだ。

この時左近は、将軍家御用達の店ばかりが狙われていることが妙に気になり、江戸に不穏《ふおん》な気配が漂いはじめているのではないかと案じた。

二

大老の堀田正俊《まさとし》は、綱吉が将軍となって以来、御側御用人《おそばごようにん》に任じられた牧野成貞《まきのなりさだ》と共に財政の立て直しに励《はげ》んでいた。また、徳を重んじる綱吉に従い、戦国の殺伐《さつばつ》とした気風をなくすために、文治《ぶんち》政治に取り組んでいる。

その甲斐《かい》あってか、江戸の町も穏やかになって綱吉も喜んでいただけに、こたびの強盗放火殺人は、許しがたいことであった。

内田屋の一件以来、奉行所が失火と告げても江戸の民は信じず、将軍家御用達ばかりが盗賊に狙われているという噂が広まったあげく、御用達という看板の文字を隠す店が続出した。

岩倉が言ったとおり、盗賊改は数軒の店に的《まと》を絞《しぼ》って網を張っていたのだが、その店までもが、文字を隠したいと言い出した。

この報告を受けた堀田は、ただちに評定《ひょうじょう》を開き、集まった老中や町奉行といった面々に、厳しい態度で接した。

「このままでは、将軍家の威光に関わる。そこで、かねてより上様が申されていた盗賊改方を増やす一件を、急ぐこととした」

北と南の町奉行は顔を見合わせ、表情を曇らせたが、堀田に意見など言えるはずもなく、他の者と同じように賛同した。

「して、誰を任じますか」

訊いた老中の戸田忠昌《とだただまさ》に、堀田が顔を向ける。

戸田は清廉潔白《せいれんけっぱく》、才知に富んだ人物で、悪いことには遠慮なく物を言う。

堀田は、そんな戸田に一目置いているだけに、自分が推《お》す人物の名を、自信を持って告げた。

「先手弓頭《さきてゆみがしら》、浅倉衿道《あさくらきんみち》。この者を、盗賊改方に任じる」

浅倉衿道の名を聞き、居合わせた者たちからどよめきが起きた。

若いが武芸達者で、旗本衆からの人望も厚い。

皆が賛同したが、戸田は釘を刺した。

「浅倉衿道殿は、気性が荒《あろ》うございます。歳も若いゆえに功を焦《あせ》り、強引な調べをしませぬか」

「だからこそ、わしは目をつけたのだ。これまでの探索は受け身であった。ゆえに、凶悪で狡猾《こうかつ》な賊どもの影さえ見えぬ。浅倉ならば、必ずやってくれるはずだ」

「堀田様がそこまでおっしゃるなら、反対はいたしませぬ」

戸田はそう言って頭を下げ、浅倉衿道の登用が決まった。

番町《ばんちょう》の屋敷がそのまま盗賊改方の役宅となり、与力十騎、同心三十名、小者五十名という配下を与えられた浅倉衿道は、正義感あふれる熱血の若武者であるだけに、江戸の民を不安に陥《おとし》いれる盗賊どもを成敗すると意気込んで、自ら見廻りに出た。

盗賊改方は、管轄《かんかつ》の範囲が町人に限られている町奉行所とは違い、寺社奉行の受け持ちである寺や社《やしろ》、そして、旗本や御家人も調べることができる。

武闘派の番方《ばんかた》だけに、与力や同心たちの気性も荒く、怪しいと睨んだ者に対する取り調べは苛烈を極め、浅倉の役宅に連行された浪人者の中には、拷問の末に命を落とす者も出た。

　これに刺激されて、先任の盗賊改方の探索も厳しくなり、町の衆のみならず武家の者も、盗賊改の者を見かけると道を変える者まで現れた。

　だが、これを不審な行動と見なされて、逆に捕らえられる者も出たので、ついには外を出歩く者自体が減った。

　こうなれば、宿無《やどな》しの無頼者は人混みに紛《まぎ》れることができなくなり、江戸を去ったり、さらに地下へ潜《もぐ》り込むなどして、探索の目から逃れた。

　盗賊改方の強化が功《こう》を奏《そう》し、町の犯罪はめっぽう減った。

　しかし、そんな盗賊改方の頑張りをあざ笑うかのように、五軒目の店が襲われた。

　狙われたのは、四谷御門外《よつやごもんがい》の青物屋《あおものや》だ。

　西京屋四十右衛門《さいきょうやしじゅうえもん》は、京橋筋に出店を持っている大商人で、四谷の本店には、両親と妻子七人に加え、十人の奉公人が暮らしていた。

　四十右衛門は用心深い男で、城へ青物を納めている京橋の出店の看板は、早々と御用達の文字を隠し、用心棒も四人雇っている。

四谷の本店も看板の文字を隠し、用心棒は六人も雇っていた。

強面《こわもて》の用心棒が手燭《てしょく》の明かりを持って見廻る中、四十右衛門は女房と枕を並べて眠っている。

その寝所の天井板が開けられ、黒装束の賊が音もなく降り立った。

十畳の寝所に三人の賊が降り立ったというのに、四十右衛門も女房も、まったく気づかない。

頭目の又十郎は女房の枕元に膝をつき、寝顔を見下ろした。そして、手下が四十右衛門の口を塞《ふさ》ぐのに合わせて、女房の口を塞ぐ。

やっと目をさました四十右衛門が、恐怖に目を見開く。

「金蔵の鍵を出せ」

手下が、低い声で告げる。

四十右衛門は首を横に振り、従わなかった。皆殺しにされる噂を知っているので、鍵を渡せば殺されると思っての抵抗だ。

だが又十郎にとって、そんなことは計算のうちだ。顎《あご》を振って指図すると、控えていた手下が廊下に出た。

手下は見廻りをしていた二人の用心棒の背後に忍び寄り、いきなり一人の背中を突く。

それに気づいた隣の用心棒が刀を抜こうとした時、喉に手裏剣が突き刺さった。

手燭の蠟燭《ろうそく》が落ちた庭に、黒い影が立ち上がる。

それを機に、屋根から次々と手下が下り、音もなく廊下に駆け上がると、部屋に詰めていた他の用心棒を斬殺し、別室に眠っていた奉公人たちを殺して回った。

又十郎は、怯える女房の目を冷徹な眼差しで見ている。

女房の身を案じる四十右衛門に対し、こ奴の命が惜しければ鍵を出せ、とは言わぬ。

口を塞いでいる女房の喉元に刃を突きつけて薄皮を斬り、四十右衛門に鋭い目を向けて無言で脅《おど》した。

「ま、待ってくれぇ」

四十右衛門が、喉の奥から絞り出すような声で言い、からくり箪笥《だんす》から鍵を出した。

青い房《ふさ》がつけられた鍵を奪い、手下に金蔵を確かめさせる。

戻ってきた手下がうなずくと、又十郎はようやく、四十右衛門の女房から手を離した。

「連れていけ」

命じると、手下が四十右衛門と女房を寝所から出し、子供たちの部屋に連れていった。

又十郎は裏庭に出ると、金蔵のお宝を奪った手下たちが集まるのを待ち、腕を振って立ち去らせる。

音もなく闇の中に消える手下たちを部屋の中から不安げに見ている四十右衛門の横に、別の手下が並んだ。

「すんだか」

「はい」

「うむ」

又十郎は部屋の中に入り、斬殺された四十右衛門親子を見下ろす。

「恨《うら》むなら、綱吉を恨め」

そう言うと、手下から松明を受け取り、親子の骸が並ぶ部屋に火を放った。

三

「近頃はまったく、物騒でいけねぇや」

仕事帰りに大工仲間と煮売り屋に立ち寄った権八は、煮物を持ってきたかえでにそう言うと、こんにゃくを囓《かじ》った。

「あふ、あふあふ」

口をはふはふとやり、途端に幸せそうな顔をする。

「今日のも旨《うま》いね」

かえでに言いながら笑みを浮かべて、酒で流し込む。

「昨夜の火事は、大きくならなくてよかったわね」

かえでが言うと、権八がうなずき、浮かぬ顔をした。

「火事は両隣を半焼《はんしょう》させただけで消えたんだが、火元がいけねぇ。あるじ一家に奉公人が、一人残らず亡くなったそうだ」

すると、隣で飲んでいた顔馴染《かおなじ》みの客が口を挟んできた。

「お奉行所は、今頃になって物取りの仕業だとお触れを出されたぜ」

「遅いね。おれなんざ、初めっからそう思っていたぜ」

権八が自慢げに言うと、大工仲間が鼻で笑う。

「偉そうに。河内屋《こうちや》さんが、盗っ人の仕業だとおっしゃっていたからだろうが」

会話を聞いたかえでが、小五郎と目を合わせる。

小五郎がうなずくので、かえでが権八に訊いた。

「それ、ほんとうなの」

するとと権八が、苦笑いしながらうなずく。

「河内屋さんは、どうしてそう思われたのかしら」

「そりゃ、かえでちゃん、あれだ、河内屋が盗っ人に入られかけたからさ。店は半分焼かれてしまったが、あそこは備えがいいから、金は盗まれなかったそうだ」

「どんな備えなの」

かえでがさらに深く訊くので、権八は歯切れの悪い物言いをする。

「そいつは、よく知らねぇんだ。今世話になっている棟梁《とうりよう》が、十年前に建てた店だったらしいんだが、押し込み強盗に入られないよう工夫がしてあるんだとよ。そんなことより、腹が立つのはお役人だ。火事のお調べの時に、河内屋の旦那は盗っ人に火をつけられたと訴えたのに、失火の責任逃れのための方便だろうと言われて、危うく牢に繋《つな》がれそうになったんだと」

「へぇ、そいつはむちゃくちゃだ」

聞いていた隣の客が驚いた。

権八の大工仲間が言う。

「まあ、他の店とは違って死人が出ていないから、てめぇの火の不始末を盗っ人のせいにしようとしたと思われても、仕方あるめぇよ」

「そういうこと」

権八が応じて、話題を変えた。

「それよりよ。おれたち貧乏人にとっちゃ、お大尽《だいじん》の商人を狙う盗賊より、盗賊改のほうがよっぽど恐ろしいや」

これには客たちが賛同した。

調子に乗った権八が、

「怖いのは盗賊か、それとも盗賊改か、ってか」

などと、唄うように言う。

「お前さん、声が外まで聞こえているよ！」

店に入った女房のおよねが叱《しか》ると、権八がさっと立ち上がった。

「おめぇ、どうしてここに」

「お前さんがここに入るのを見たから、今夜は何も作らなくていいと思って来たのよ」

そう言うと権八の横に腰かけて、大きな尻で端へ追いやる。

長床几《ながしようぎ》から落ちそうになる権八をつかんで引き寄せたおよねが、かえでに笑みを向けて煮物を頼んだ。

「あたしも一杯いただこうかしら」

「珍しいこともあるもんだ」

権八が言い、酌をしてやった。

「ああ、おめぇが外で飯を食うってことは、お琴ちゃんのところに左近の旦那が来なすったのか？」

「そういうこと」

「それを早く言わねえかい」

酒をぐいっと干した権八が立ち上がろうとしたので、およねが帯を引っ張って長床几に座らせた。

「お久しぶりなんだから、野暮《やぼ》なことするんじゃないよ」

「それもそうだ」

一度は納得した権八だが、やっぱり顔を拝《おが》みたいと言ってまた立ち上がるので、およねに尻をたたかれた。

「おとなしくおし！」

四

この夜、又十郎の一味は日本橋筋に向かった。

人目を避けるために商家の屋根を音もなく走り、狙いをつけていた綿問屋《わたどんや》の黒《くろ》辺屋《べや》に行く。

黒辺屋は、大奥に納められる夜着《よぎ》や布団に使われる真綿《まわた》を扱う御用達の商人だが、裏では高利貸しもしている金の亡者で、金蔵には数万両の小判があるとささやかれている。そのすべてを奪い取るために、盗賊どもは夜の闇を進み、決められていた刻限に集まった。

又十郎と行動を共にしている手下が、商家の屋根のてっぺんから顔を出し、黒辺屋の様子を探る。

星空の下で、両手を口に当てて梟《ふくろう》の鳴き真似《まね》をすると、周りの商家の屋根の上に、仲間の黒い影がいくつも立ち上がった。

「頭、集まっております」

「うむ」

又十郎が立ち上がり、黒辺屋の裏庭に人気《ひとけ》がないことを確かめると、屋根を駆け下りて身軽に跳び、宙返りをして庭に下りた。

地に片膝をつけ、闇に溶け込むように潜《ひそ》みつつ、気配を探る。

二人の手下が降り立ち、又十郎の背後に潜んだ。

物音ひとつしない闇の中で、覆面の奥に細い目を光らせた又十郎は、閉《た》てられた雨戸に目をとめる。

そして、目を見開いた。

その刹那、雨戸が引き開けられ、龕灯《がんどう》の明かりで照らされた。

「盗賊改方、羽角市蔵《はすみいちぞう》である！　神妙にいたせ！」

怒鳴り声を合図に、裏の木戸から入ってきた捕り方に囲まれた。

「愚《おろ》かな」

言った又十郎が左足を引き、刀を抜いた。

それを見た羽角が、抜刀《ばっとう》して命じる。

「構わぬ、斬れ！」

「おう！」

与力と同心が抜刀し、斬りかかった。

又十郎は前に出て切っ先をかわし、同心の腹を斬る。地べたを転がって前に出るや、与力の足を切断した。

「おのれ！」

叫んで刀を打ち下ろす別の同心の刃を潜り、下腹を斬り上げた。

瞬《まばた》きをも許さぬ速さで三人の強者《つわもの》を斬り倒した又十郎の前に、目を見開いて絶句した羽角がいる。

羽角の配下の者が横から斬りかかろうとしたが、又十郎が投げ打った手裏剣が眉間を貫き、仰向《あおむ》けに倒れた。

捕り方が慌てて呼子《よびこ》を吹こうとしたが、喉に手裏剣が突き刺さり、うずくまるように倒れた。

他の捕り方は、又十郎の手下二人によって、ことごとく倒されている。

家の中で見ていた奉公人たちが悲鳴をあげ、騒ぎとなった。表から逃げようとして店の潜《くぐ》り戸《ど》を開けて顔を出したが、目の前に刃を突きつけられ、又十郎の手下たちが押し入った。

又十郎と対峙《たいじ》している羽角は、額《ひたい》に玉の汗を浮かべている。己が選《よ》りすぐった少数の遣《つか》い手《て》だけで網を張っていたことを後悔したに違いないが、あとの祭りだ。

「お、おのれ」

悔しさに目を充血させて歯ぎしりし、刀を振り上げ、捨て身の大上段に構えた。

対する又十郎は、右手の小太刀《こだち》を逆手ににぎり、腰を低くして構えている。

「むおおっ!」

前に出た羽角は又十郎を頭から幹竹割《からたけわ》りにせんと、渾身《こんしん》の一撃で打ち下ろした。

又十郎は、逆手ににぎった小太刀で刃をすり流し、刀を打ち下ろす羽角に対し、伸び上がって手首を振り、首を斬った。

刀を打ち下ろした羽角は、かがむようにして動きを止めると、同時に首が落ちた。

胴体が倒れる音を背中で聞いた又十郎は、血振《ちぶ》りをして納刀《のうとう》すると、家の中に足を踏み入れる。

手下たちに捕らえられていた店のあるじが、震える手で金蔵の鍵を又十郎に差し出し、命乞《いのちご》いをする。

それを無視した又十郎は、鍵を手下に渡して、金蔵を調べさせた。

すぐに調べた手下が戻り、耳元で告げる。

「およそ二万両ございます」

「思うたより少ないが、まあよかろう」

裏庭を見ると、手下たちが小判を入れた袋を背負い、集まりはじめている。

「急げ」

又十郎はそう言うと、店の者に刀を突きつけている手下たちにうなずき、殺せと命じる。

店の者たちの断末魔《だんまつま》の悲鳴を聞き、又十郎は大きく息を吸って吐いた。

金を背負った手下たちが屋根伝いに逃げるのを見上げた又十郎は、黒辺屋に火をつけた。

裏の塀に身軽に上がり、隣の商家の屋根に跳び移る。

一度振り向き、障子に火が移って燃え上がるのを見届けると、きびすを返して走り去った。

大通りに並ぶ店の屋根を伝いながら走り、日本橋の袂《たもと》に降り立ち、橋を越えようとした時、反対から盗賊改方の者が現れた。

ちょうちんを持った小者を数名従えた侍たちが、橋を渡る又十郎の行く手を塞ぐ。

「盗賊改方、浅倉衿道である」

陣笠《じんがさ》を被《かぶ》り、防具をまとった浅倉が、十手を突きつけながら言う。

又十郎が後ずさると、浅倉が叫んだ。

「怪しい奴。引っ捕らえい！」

「ふん」

又十郎が鼻で笑い、二人の手下と共に応戦の構えを見せる。

浅倉の小者たちが、寄り棒を構えて進む。

与力と同心が十手を振りかざしてきたが、又十郎は、寄り棒の攻撃を容易《たやす》く跳ね返して押しに押し、小太刀を振るって斬り進んだ。

その速さと凄《すさ》まじさたるや、少々腕が立つという程度の者では、とても太刀打ちできない。

慌てて十手から刀に持ち替えようとした同心たちは、突き飛ばされ、あるいは蹴られたりして、橋から暗い川に落とされた。

「おのれ！　逃がしてなるものか！」

叫んだ浅倉が、得意の抜刀術《ばっとうじゅつ》をもって又十郎を斬らんとしたが、一撃をかわされ、浅倉は怯《ひる》まず、片腕だけで刀を振るったが、軽々と跳ね返されて胸を蹴られ、橋の袂まで飛ばされて背中から落ちた。

「くっ！」

歯を食いしばって立ち上がろうとした浅倉は、胸を足で踏まれて地に押しつけられ、目の前に切っ先が突きつけられた。

細くて鋭い又十郎の目には、人の温かみがまったく感じられない。

——斬られる。

そう思った浅倉は、悔しさを顔に浮かべる。

「くそっ」

「将軍の犬め。我が殿の恨みを思い知るがいい」

又十郎が言い、小太刀で浅倉の喉を突かんとした時、火事から逃げてきた町人たちが橋を渡ってきた。

悲鳴をあげて火事から逃げる大勢の者たちに、又十郎が一瞬気を取られた。

その隙《すき》を突いて、浅倉が手首をつかもうとしたが、又十郎が跳びすさってかわした。

「退《ひ》け」

又十郎は、手下に命じてその場から走り去った。

「待て！」

浅倉が立ち上がり、必死にあとを追う。

だが、腕の傷の出血がひどく、意識が朦朧《もうろう》とする。

それでも浅倉は、執念をもって追った。走り去る賊どもが、今川橋《いまがわばし》を渡る。

浅倉はそこまでは追っていったのだが、橋の袂で目が霞《かす》み、力尽きて倒れた。

血に濡れた手のひらを向けて、悔しげに叫ぶ。

「待て、待てぇ！」

歯を食いしばり、立とうとした浅倉を、逃げた又十郎と入れ違いに現れた黒装束の新手が取り囲んだ。

又十郎の手下の一人が前に出て、逃げてくる町人たちの目を気にすることなく、刀を抜く。

傷を負わされて倒れている浅倉にとどめを刺そうとした時、手下の背中に、手裏剣が突き刺さった。

「ぐわっ」

盗賊が苦痛の声をあげて倒れると、仲間たちが手裏剣が飛んできたほうへと目を向ける。

闇から染み出るように現れたのは、町人姿の小五郎だ。

小五郎は左近から、市中見廻りの命をくだされ、日本橋界隈《かいわい》の様子を探っていたところだった。斬り合う声を聞いて、助けに入ったのだ。

無言で身構える盗賊たちは隙がなく、かなりの遣い手だと想像できる。

「忍び崩れか」

小五郎はそう言うと、盗賊たちに手裏剣を投げ打つ。

盗賊たちは忍び刀を振るって、小五郎の手裏剣を弾《はじ》き飛ばし、猛然と斬りかかった。

小五郎は二本の手裏剣を投げた。

一本目は相手が弾き飛ばしたが、二本目が胸に刺さる。

倒れる仲間を踏み越えて、盗賊が斬りかかった。

小五郎は刀を抜いて受け流し、手首に斬りつける。

手甲《てっこう》で守られた盗賊の手首は傷つけられず、小五郎がさらに刀を振るって相手の胸を斬ろうとしたが、後ろに回転してかわされ、間合いを空けられた。

その盗賊を跳び越え、宙返りをしてきた別の者が、頭上から刀を打ち下ろす。

小五郎はその刃をかわすと同時に、地に降り立った相手に、回し蹴りを食らわせた。

小五郎に背中を蹴られた盗賊が、飛ばされて川に落ちた。

甲州忍者である小五郎と忍びの盗賊の壮絶《そうぜつ》な闘いを、火事から逃げてきた町の者たちが驚きの顔で見ている。その町の者たちをかき分けて前に出た岡っ引きと下《した》っ引《び》きが、黒装束の集団に目を見張り、慌てて呼子を吹いた。

小五郎と対峙していた盗賊が舌打ちをし、油断なく下がる。

「退け」

そう言うと、きびすを返した。

小五郎が、逃がすまいと追いすがる。

その刹那、他の者が手裏剣を投げ打ったので、小五郎は刀の柄《つか》で受け止めた。

その隙を突き、盗賊どもが刀を引いて逃げていく。

小五郎はあとを追ったが、辻《つじ》を曲がると、鳴り続けている半鐘の音を心配して表に出ていた人々が大勢いて、盗賊たちを見つけることはできなかった。

あきらめた小五郎は今川橋に戻り、倒れている盗賊に歩み寄る。

小五郎は手加減して手裏剣を投げていたため、死にはいたっていないはず。用心して身体を仰向けにさせ、覆面を取ると、盗賊は舌を嚙《か》んで命を絶《た》っていた。

他の者も同じで、皆自害している。

「しまった」

小五郎が言い、刀の柄に刺さっている盗賊が投げた手裏剣を引き抜くと、懐に納めた。

欄干《らんかん》に背をもたせかけて足を投げ出して座り、岡っ引きの手当てを受けていた侍が、小五郎に言う。

「……それがしは、盗賊改役の浅倉衿道だ。危ないところを助けられた。礼を申すぞ」

小五郎が無言でうなずくと、浅倉が訊く。

「貴殿は、公儀の隠密《おんみつ》か」

「甲府藩の者です」

「甲州様のご家臣か！」

瞠目《どうもく》した浅倉が言うと、横にいた岡っ引きが正座して頭を下げた。

浅倉が腕の痛みをこらえて立とうとするので、小五郎は座らせた。

「顔色がお悪い。無理はなさいますな」

「か、かたじけない」

「狙われたのはどこですか」

「この者が言うには、綿問屋の黒辺屋でござる。そこには同輩が網を張っていたのですが、誰一人追ってこぬところをみると、おそらく……」

浅倉は、生きてはおるまいとばかりに、首を横に振った。

小五郎はうなずき、医者に運ぶよう岡っ引きに言って立ち去ろうとしたのだが、浅倉が呼び止めた。

「盗賊の頭と思《おぼ》しき者が、それがしにとどめを刺さんとした時、我が殿の恨みを思い知るがいい、と口走っておりました。ただの盗賊ではござらぬと、甲州様にお伝え願いたい」

「承知いたした」

小五郎は頭を下げてきびすを返すと、左近がいる甲府藩邸に走った。

五

すでに寝所に入っていた左近は、気配に目を開けて半身を起こした。

「小五郎か」

「はは」

「入れ」

左近が言うと襖が開き、小五郎が足下《あしもと》に片膝をつく。

「いかがした」

「日本橋に賊が現れました。綿問屋の黒辺屋が襲われ、盗賊改方も大勢命を落としております」

手練《てだれ》が揃《そろ》う盗賊改が斬られたと知り、左近が表情を曇らす。

「ただの盗賊ではないな」

「はい。賊が投げ打った手裏剣が、これでございます」

小五郎は、柄で受け止めた手裏剣を左近に差し出す。

菱形の鋭い手裏剣は、手にずしりと重い。

「甲州者が使《つこ》うておるのとは、ずいぶん形が違《ちご》うておるな」

「はい。これを使いこなすとなると、賊はおそらく、忍び……」

小五郎が言うので、左近が厳しい顔を向ける。

「この手裏剣に心当たりがあるのか」

「ございません。ただ、盗賊改方の者が、気になることを申しました。賊の頭目と思しき者が、我が殿の恨みを思い知るがいい、と口走ったそうです」

「盗賊改方にそのように申したということは、公儀に恨みを持つ大名か、その大名家に恩がある者の仕業ということか」

「盗賊改方も、そのことを案じている様子でした」

「大名が関与しているとなると、次があるはず。罪もない者をこれ以上死なせてはならぬ。小五郎、この手裏剣を使う忍びのことを調べるのだ」

「はは」

小五郎は頭を下げ、立ち去った。

左近は翌朝、屋敷を抜け出して日本橋にくだった。

橋を渡るあたりから、焦げた臭《にお》いがしてきた。

決して慣れることのできない臭いに、道を行《ゆ》き交《か》う者たちは辛《つら》そうな表情を浮かべている。

黒辺屋に行くと、黒く焼け落ちた建物の残骸《ざんがい》が通りの半分を塞ぎ、人足たちが、使える材木とそうでない物を分けている。

「やはり来たか」

左近は、岩倉の声に振り向いた。

草色の麻《あさ》の着物に大小を手挟《たばさ》んだ岩倉が、小さく頭を下げ、黒辺屋に目を向けながら言う。

「盗賊改方が網を張っていたが、十名斬り殺されたそうだ。盗賊は、ただ者ではないな」

「おそらく、忍びだ」

左近が教えると、岩倉が驚いた顔を向ける。

「正体がわかったのか」

「それはこれから暴《あば》く」

左近はそう言うと、野次馬に目を配った。

怪しい人物がいないか探ったのだが、それらしい者は見当たらない。

場所を移しながら周囲を見て回ったが、怪しい者は目にとまらず、気配さえもなかった。

岩倉が酒に誘ってきたが、左近は断り、将軍家御用達の店を見て回ると言って別れた。

翌日も市中を回り、一日が過ぎ、五日が過ぎても小五郎からの知らせもなく、盗賊のことは何もわからぬまま十日が過ぎた。

町奉行所も盗賊改方も町の守りを固め、特に将軍家御用達の商家は町奉行所がぴったりと張りつき、羽角の失敗を教訓にして外の警固《けいご》を厚くし、盗賊たちが近寄らぬようにした。

「あとは盗賊改方が捕らえてくれるのを待つのみ」

と言う同心や小者などが、商家の周りを守っていた。

それをあざ笑うかのごとく、またしても商家が襲われた。

左近が根津の屋敷で聞いた報告では、被害に遭《あ》ったのは蠟燭問屋で、これまでと同様、一人の命も助かっていなかった。

焼け跡から見つかった骸《むくろ》の中には幼子《おさなご》も含まれていて、集まっていた民の涙を誘ったという。

このことは、江戸城の将軍綱吉の耳にも届き、激怒したらしい。

綱吉は、黒辺屋のことで面目が潰され、これ以上の犠牲者を出してはならぬと言い、将軍家御用達すべての店に警固をつけるよう命じていたのだ。

にもかかわらず、蠟燭問屋が狙われ、警固の者を含めた二十余名の命が奪われた。

「江戸の民は、余《よ》の子も同然。子供の命が奪われて、平気な親がいるものか」

綱吉は、悲痛な面持《おもも》ちでそう言ったという。

左近は登城した際に老中の戸田忠昌から綱吉の様子を聞き、今わかっていることを文《ふみ》にしたためて送った。

「賊は忍びの疑いあり」

だが、綱吉が疑心暗鬼になるのを避けるために、大名家の関与を疑っていることは、あえて書かずにいた。

左近から送られた文に目を通した綱吉は、その場で盗賊改の人数をさらに増やすことを決め、早急に成敗するよう厳命した。

この日から、盗賊改方の探索はますます厳しくなり、町の者は、自分が疑われるのを恐れて、夜はおろか昼間でも、用のない時は外に出なくなった。

しかし、金持ちばかりを狙い、姿の見えぬ盗賊よりも、苛烈な取り調べをおこなう盗賊改のほうを恐れるようになった庶民のあいだでは、日が経《た》つにつれて公儀に対する不満が増していき、将軍の無能を揶揄《やゆ》する風刺画《ふうしが》までが出回った。

そのことを耳にした牧野成貞などは、忍びの関与と、早急の解決を懇願する文を送った左近の陰謀ではないかと言い、綱吉をはじめ、幕閣の者を驚かせた。

それをきっぱりと否定したのは、他ならぬ将軍綱吉である。

「綱豊は、不甲斐《ふがい》ない我らの尻をたたいておるのだ」

「そうでござればよろしいのですが」

「民の不満が余に向けられたところで綱豊が動き、早々と賊どもを成敗すれば、民の気持ちは綱豊に傾《かたむ》く。そちは、綱豊が人気取りのために、罪のない商人を殺《あや》めておると申すか」

「綱豊様の知らぬところで、藩の者が仕掛けておるやもしれませぬ」

左近を疎《うと》ましく思う牧野は、引き下がらなかった。

大老の堀田が、狡猾な顔で口を挟む。

「確か、新たに家臣団に加わった間部某《なにがし》という者は、切れ者との噂。油断はせぬほうがよろしいかと」

「そのほうらは、余と綱豊をどうしても離したいようじゃのう」

「いえ、そのようなことはございませぬ」

堀田が応《こた》える。

「ただ、あまり信用なさらぬほうがよいと、申し上げたまで」

「ならば、綱豊を疑う前に、賊を成敗することを考えよ」

「はは」

綱吉は、堀田に言う。

「そのほうが推した浅倉衿道は、何をしておるのだ」

堀田が、ばつが悪そうな顔をして答える。

「腕に深手《ふかで》を負い、養生《ようじよう》しておりますが、五日以内には役目に戻るとの知らせを受けております」

「手負いの者に頼らねばならぬほど、盗賊改は、役立たずばかりが揃うておるのか」

「そのようなことは、決してございませぬ。今こうしているあいだも、懸命に働いておりまする」

「ならば早うなんとかせい！」

綱吉は扇子《せんす》で膝をたたき、声を荒らげた。

「紀州《きしゅう》殿が、藩の者を見廻りさせると出しゃばってきおったのだぞ」

堀田は動じることなく、飄々《ひょうひょう》と言う。

「紀州様は、鶴姫《つるひめ》様が嫁《とつ》がれるお家。力強いお味方にござりますれば、この際お受けして、両家の仲を天下に知らしめるのもよろしいかと」

「たわけ、戦《いくさ》ならともかく、たかが盗賊退治に紀州殿の力を借りては、諸侯の笑い物じゃ……。大老ともあろう者が、そのようなこと、言わずともわかるであろう」

「むろんにございます。わたしはこれを機に、紀州様との縁が深まればと思うたまで。いらぬことを申しました」

綱吉を将軍に押し上げたという自負がある堀田は、不服そうな顔で言い、頭を下げた。

綱吉は近頃、遠慮のない態度を見せる堀田を疎ましく思う時があるのだが、今はぐっとこらえた。

「盗賊のことは、すべてそちにまかせる。早急に捜し出し、成敗せよ」

「承知いたしました」

綱吉が牧野と共に黒書院《くろしょいん》から出ると、堀田は自分の詰め部屋に入り、手を打ち鳴らした。

「お呼びでございましょうか」

堀田は、廊下に現れた家臣を手招きして中に呼び、命じた。

「手勢を集め、盗賊改方の助太刀《すけだち》に行かせろ。なんとしても、盗賊どもを成敗するのだ」

「はは」

家臣は屋敷に戻って支度を整えるために、城からくだった。

大老の家臣が、旗本である盗賊改方の助太刀をするのは異例のことだが、手強い盗賊を倒してみせることは、堀田にとって悪い話ではない。

「将軍家は、わしがおらねば何もできぬ。そのことを、わからせてやる」

堀田はそう言い、厳しい顔で外を睨んだ。

六

大老の軍勢とも言える一団が大手門《おおてもん》前の屋敷を出て、江戸市中の治安維持に乗り出したため、夜の取り締まりはますます厳しくなり、庶民たちは、ほとんど夜道を歩けなくなった。

小石川《こいしかわ》の商家での大工仕事を請け負っていた権八は、浅草から通うと、帰りがどうしても日暮れ時を過ぎるというので、今世話になっている棟梁の木兵衛《きへえ》宅に寝泊まりしていた。

遠く離れたおよねの耳にはさすがに届くまいと、

「このまま居候《いそうろう》したいね」

などと軽口をたたき、木兵衛の女房がこしらえた料理に舌鼓《したつづみ》を打ちながら酒を楽しんでいた。

そんな権八をちらりと見た木兵衛が、首を伸ばして土間を見て、

「おや、およねさん」

と言うと、驚いた権八が酒を噴き出した。

「うはは、冗談だ」

「棟梁、脅かすとは人が悪いや」

「まあ飲め。今日で普請《ふしん》は終わりだ。朝までやろうじゃないか」

「そういうことなら、喜んで」

権八が酌を受けてぐい呑《の》みを口につけた時、表の戸が荒々しくたたかれた。

女房のおすみが出ようとしたが、木兵衛が止めて声をかける。

「誰だい！」

「盗賊改方の者だ」

男の低い声に、権八は目を丸くした。

「なんの用でしょうね」

「さあな」

言った木兵衛が腰を上げ、土間に下りて心張《しんば》り棒《ぼう》をはずして戸を開けると、二人連れの侍が立っていた。

黒染の羽織《はおり》に袴《はかま》を着けた侍は、目つきが鋭く、庶民から恐れられる盗賊改方を絵に描いたような風貌だ。

「大工の木兵衛はお前か」

上から押さえつけるような物言いに、木兵衛が洟《はな》をすする。

「へい」

権八は、おすみに言った。

「いけねぇ、棟梁は機嫌が悪くなると洟をすする癖がある。手向かいしなきゃいいが」

するとおすみが心配し、土間に下りて侍に腰を折る。

「どうぞ、中へお入りください」

「おめぇは引っ込んでろ」

木兵衛が言い、侍に訊く。

「それで、あっしになんの用です」

「元飯田町《もといいだまち》の河内屋の普請をしたのは、お前だな」

「へい」

「では、絵図面を持っておろう」

「いえ、ございません」

嘘《うそ》を言う木兵衛に、権八が眉《まゆ》をひそめた。

「連れていかれちまうよう」

小声でつぶやいたが、木兵衛の耳には届いていない。

侍が訊く。

「大工の棟梁が、絵図面を持っておらぬはずはなかろう」

「持っていないものは持っていないのです。どうぞ、お帰りください」

木兵衛が答えたが、侍は引かなかった。

「我らはこのたび、河内屋の警固を命じられた者だ。押し込みをする盗賊から店の者を守るために、家の隅々まで知っておく必要がある。絵図面を出せ」

「ですから、何度も言いますように、ここにはございません」

木兵衛がとぼけると、侍が刀の鯉口《こいぐち》を切った。

睨みつける木兵衛に、侍が責めるように言う。

「さては貴様、盗賊の仲間だな」

「ご冗談を、あっしは真面目な大工でさ」

「黙れ！　絵図面を出せぬのは、隠し金の場所を教えるために、盗賊に渡したからであろう！」

「お待ちを！」

侍が声を荒らげながら、刀を抜いた。

おすみが悲鳴のような声をあげて、木兵衛の前に出た。

「絵図面はございます」

「おすみ！」

木兵衛が怒鳴ったが、

「お役人に歯向かって、どうするんだい！」

おすみが言い、侍に顔を向ける。

「今出しますので、どうかお刀をお納めください」

「早う出せ」

侍は刀を納めず、切っ先をおすみに突きつける。

「野郎、女房に何しゃあがる」

気性の荒い木兵衛が、おすみに刀を向けられて逆上し、心張り棒を振り上げた。

「十手も見せねぇ、名も言わねぇ怪しい野郎に、見せる物なんざねぇやい！」

叫んで殴りかかった木兵衛は、心張り棒をかわされて尻を蹴られ、勢い余って路地に転んだ。

その背中を、侍が斬る。

「ぐあぁっ！」

「きゃあああっ！」

木兵衛が斬られたので、おすみが悲鳴をあげた。

侍はおすみに刀を向けて制し、土間に入った。

「亭主を殺されたくなければ、絵図面を出せ！」

声も出せないおすみの手を、権八が引っ張った。

「出せば殺される。こいつらまともじゃねぇ」

権八が言い、侍に鉄瓶《てつびん》を投げつけ、明かりを吹き消した。

勝手知ったる家の中だ。おすみの手を引いて裏に出ると、

「人殺し！　人殺しだ！」

叫びながら隣の家に入って、助けを求めた。

怖がって抱き合っている若い夫婦に、すまねぇと一言詫《わ》びると、心張り棒を持って表に出た。

侍たちが裏から追ってきたので、若い夫婦が悲鳴をあげる。

無言で追う侍たちは、夕餉の膳《ぜん》を蹴散らし、表に出る。

妾宅《しょうたく》が多い町家が並ぶ通りには、騒ぎを聞いて出てきた町の衆に交《ま》じって、侍の姿もあった。

権八はおすみの手を引いて、目についた侍に助けを求めて走る。

盗賊改の一人が抜刀して追おうとしたが、もう一人のほうが、侍が鯉口を切るのを見て止めた。そして、きびすを返して去っていく。

命拾いした権八は、腰の力が抜けて尻餅《しりもち》をついたが、おすみは家の前で倒れている木兵衛のところへ走った。

「お前さん、お前さん！」

懸命に名を呼ぶおすみ。

「嘘だろ」

まさか死んでしまったのかと、権八が這《は》って近づくと、木兵衛は目を開けて、苦痛に顔を歪《ゆが》めていた。

「棟梁！」

「でけぇ声出すな。町の衆に、みっともねぇところを見られちまった」

見栄を張る木兵衛に、権八は安堵の息を吐いた。

歩み寄った侍が、木兵衛の背中を見て、傷は浅いと励ますように告げる。

「旦那、申しわけねぇです」

木兵衛が、顔見知りらしき侍にあやまる。

「気にするな。それより怪我《けが》の手当てだ」

「東洋《とうよう》先生に診《み》てもらいます」

権八が言い、

「誰か、荷車！　荷車を頼む！」

叫ぶと、二、三人の男が駆け出した。

その男たちと入れ替わりに、小者を連れた侍が路地に入ってきた。

腰から長い十手を抜き、

「盗賊改方だ。この騒ぎはなんだ。貴殿が斬ったのか」

侍に言うと、侍は鋭い目を向けて立ち上がった。

権八があいだに割って入った。

「斬ったのは、こちらのお侍じゃござんせん。盗賊改方のお役人で」

すると、盗賊改の者がいぶかしげな顔を向けた。

「盗賊改がここへ来ただと」

「はい」

「その者の名は」

「それが、あなた様と同じで、名乗られませんで」

権八が申しわけなさそうに言うと、盗賊改の者が不服そうに応える。

「拙者は、盗賊改方与力の前田《まえだ》だ。その者は、何ゆえこの者を斬ったのだ」

「どうもこうもねぇんでさ。あっしらが楽しく酒を飲んでいるところへ押し入って、河内屋の絵図面を見せろと言いなすったんで。棟梁が拒《こば》みなすったら、いきなり刀を抜いて、見てのとおりでさ」

前田が眉間に皺《しわ》を寄せた。

「それは妙だ」

権八がすかさず訊く。

「妙とは？」

「ここは、浅倉様の受け持ち。配下の我ら以外の盗賊改方は来ぬし、大工に絵図面を見せろなどとは言わぬ」

権八が目を見張った。

「そ、それじゃ、ここへ来たのは」

「おそらく、江戸を騒がせている盗賊一味の者。棟梁が河内屋の普請をしたと知り、絵図面を手に入れようとしたに違いない」

皆殺しにする凶賊とやり合ったと知り、おすみは気を失った。

ふたたび腰を抜かした権八は、小便をちびりそうになったが、町家の男たちが荷車を引いてきたので、両手で顔をたたいて気合を入れ、木兵衛を西川《にしかわ》東洋のところへ連れていくために立ち上がった。

侍に活《かつ》を入れられて気がついたおすみに、布団を出してもらい、荷車に敷く。

「棟梁、医者に行きますぜ。立てますかい」

「なんのこれしき……屋根から落ちたことを思えば、軽いもんよ」

言った木兵衛が立ち上がろうとして、痛みに顔をしかめる。

「待て」

前田が止めた。

「そのままでは傷が広がる。お内儀《ないぎ》、晒《さらし》はあるか」

「はい」

おすみが持ってきた晒を受け取った前田が、木兵衛の手当てをした。

「旦那、もったいねぇ」

木兵衛が手を合わせる。

「傷は幸い浅い。しっかり養生しろ」

前田はそう言うと、見廻りに戻った。

男衆が手を貸して荷車に乗せて、うつ伏せにさせると、権八が引いて上野北大門町に向かった。

「先生！　東洋先生！」

東洋の診療所に着いた権八が表から声をかけると、明かりが漏れ戸が開けられた。

女中のおたえが寝間着姿で顔を出し、

「権八さん、どうされましたか」

と、心配そうに言う。

「おたえちゃん、棟梁が斬られた。先生に診てもらいてぇ」

手燭を持って出てきたおたえが、晒を血に染める木兵衛を見て、

「中に入ってください」

と言うと、東洋を起こしに戻った。

権八とおすみが肩を貸して木兵衛を中に入れ、おたえが示す台の上にうつ伏せにさせる。

程なく、眠そうにあくびをしながら現れた東洋が、木兵衛の晒を切り、傷を診る。

「骨には達しておらぬようじゃ。この斬り口は、相当な手練。よほど運がよかったか、手加減されたかじゃな。辻斬《つじぎ》りにでも出くわしたのかえ」

じろりと目を向ける東洋に、権八はすべてを話した。

東洋は黙然《もくねん》と手当てを進め、権八が話し終えた時には、木兵衛は薬で眠っていた。

おたえが出した白湯《さゆ》を飲んでいた東洋は、おすみが代金を訊いても、

「たいしたことはしておらぬで、代金はいらぬ」

などと言い、白湯をすすった。そして、命に関わらぬので、目がさめたら帰ってもいいと続けた。

だが、おすみは浮かぬ顔をする。

「いかがした」

「しばらく、置いていただけませんか。また盗賊が来るかもしれないと思うと、怖くて……」

東洋はうなずいた。

「それもそうじゃ。うむ、しばらく泊まりなさい。おたえ、ちと出かける」

「先生、こんな夜更《よふ》けに、どちらに」

「寝ずに根津へ行く。むふ、うふふ」

東洋は自分の言葉に一人で笑いながら、出かけていった。

七

客間に通された東洋は、上座に向かって禿頭《とくとう》を垂れ、うとうとしている。

左近が上座に着いても気づかぬので、側近の間部詮房が揺すり起こした。

「おお、これはこれは、ご無礼を」

東洋は照れたように言い、左近に頭を下げる。

「東洋、何があったのだ」

左近が訊くと、東洋は膝を進めて告げる。

「先ほど、大工の権八が怪我人を担《かつ》ぎ込んでまいりました」

「厄介《やっかい》なことに巻き込まれたのか」

「はい。権八が気になることを申しましたので、殿のお耳にお入れせねばと、馳《は》せ参《さん》じた次第」

「聞こう」

左近が敷物から立ち、下段の間に下りて東洋と膝を突き合わせて座る。

東洋は、権八から聞いたことを違《たが》わず話した。

すると、そばで聞いていた間部が、左近に言う。

「急ぎ働きをする盗賊が、河内屋の絵図面を欲しがるとは、どういうことでしょうか」

「うむ」

左近はうなずき、東洋に訊く。

「権八は、そのことについて、何か言ったか」

「何も」

東洋が答えると、間部が言った。

「その木兵衛という棟梁は、なぜ命を張ってまで絵図面を見せなかったのでしょうか。話を聞く限りでは、役人のふりをした盗賊の正体を見抜いてのこととは思えませぬが」

「棟梁は話せぬのか」

左近が訊くと、東洋は答えた。

「今は薬で眠っておりますので、明朝になれば話せます」

「では明朝にまいり、余が直接訊こう」

「はは」

「間部、東洋を送り届けてやってくれ」

「かしこまりました」

間部が促し、東洋は帰っていった。

翌朝、左近は藤色の着流し姿で屋敷を出ると、谷中のぼろ屋敷の前を通って不忍池《しのばずのいけ》にくだり、池畔《ちはん》を歩んでいた。

途中、盗賊改とは違う防具を着けた侍たちとすれ違い、見定める目線を向けられた。

堀田大老の兵だと見抜いた左近は、目礼をして通り過ぎようとした。

「待て」

頭と思しき兵が呼び止めるので、左近は立ち止まる。

「貴殿の名と住まいを聞こう」

「新見左近と申す。住まいは、谷中にござる」

「夜は出歩かぬように、よいな」

兵は押しつけるように言うと、配下を連れて谷中に行く坂をのぼっていった。

不忍池のほとりから大通りに出ると、左近は東洋の診療所に行った。

東洋が告げていたのか、外で待っていたおたえが頭を下げ、招き入れる。

病人が泊まる部屋に案内されると、眠っている木兵衛の枕元に座っていた権八が、驚いた顔を上げた。

「左近の旦那、どうしなすったんです！」

「今ここを通りかかった時、権八殿が厄介ごとに巻き込まれたと、おたえ殿から聞いたものでな。様子を見に来たのだ」

自分の正体を知らない権八に、左近はそう言ってごまかした。

「ありがてぇ」

盥《たらい》を持った女が来たので、左近が目を向ける。

驚いた顔をする女に、権八が左近を紹介した。

「こちら、新見左近の旦那です」

すると女が、ぱっと明るい顔をした。

「権八さんから、お噂は聞いております」

そう言って座り、頭を下げた。

「大工の木兵衛の女房、すみでございます」

「うむ。こたびは災難だったな」

「はい」

「して、亭主の容体《ようだい》は」

「昨夜は高い熱が出たのですが、今はこのとおり眠っております」

「さようか。では、出直すとしよう」

左近が部屋を出ようとすると、

「……あっしに、なんのご用で」

木兵衛が言い、目を開けた。

うつ伏せのため、足下にいる左近を見ようと顔を下に向けたが、背中の筋が痛むのか、辛そうな声をあげた。

「棟梁、動いちゃだめだ」

権八が言うと、木兵衛は目をつむった。

左近は、顔が見えるところに移動して座り、木兵衛に訊いた。

「棟梁、賊が河内屋の絵図面を欲しがることに、心当たりはあるのか」

目を開けた木兵衛が、睨むように言う。

「それを聞いて、どうなさるおつもりで」

「盗賊どもが河内屋を狙っているのか、それとも、この世に絵図面が存在したらまずいのか、そこを知りたい」

「河内屋が、盗賊の仲間だとおっしゃりたいので」

「隠し部屋があるのではないのか」

左近が訊くと、木兵衛が目を泳がせる。

「河内屋は将軍家御用達の立派な商人。盗賊の隠れ家なんかじゃござんせんよ」

「左近の旦那、あっしも同感だ。河内屋さんは真面目なお人ですよ。一度盗賊に入られそうになって、店も半焼したんですから」

木兵衛と権八の言葉に、左近はうなずいた。

「しくじった店をふたたび襲う前に、絵図面を手に入れようとしたのは、河内屋に秘密があるからだな」

左近がじっと見据《みす》えながら言うと、木兵衛が目をそらす。

「河内屋には、どんなからくりがあるのだ」

「そいつは言えませんや。お話しすれば、あっしの信用に関わりますんで」

権八が言う。

「棟梁、左近の旦那は人々を苦しめる悪党を成敗するお方だ。河内屋を狙う盗賊もきっと成敗してくださるから、隠すことはねぇですぜ」

木兵衛は戸惑ったようだが、

「おめぇがそこまで言うなら」

とうなずいて、重い口を開いた。

木兵衛によると、河内屋には、大名家にもないような仕掛けが施《ほどこ》してあった。

河内屋は、一連の事件を起こしている盗賊どもが真っ先に襲った店だったのだが、普段から押し込み強盗を恐れていたあるじは、店の新築をする時、押し込み強盗から難を逃れる仕掛けを、木兵衛に頼んでいた。

金蔵は家の中心の地下にあり、奉公人たちが逃げ込める隠し部屋もある。

夜中に盗賊が一歩でも敷地に入ろうものなら、母屋《おもや》の入口や廊下に格子戸が落ち、賊が侵入にもたつくあいだに、家の者は地下の隠し部屋に逃げ込んで、重厚な扉を閉めて身を潜めるようになっている。

扉を破るのは至難の業《わざ》だが、もしも破られそうになれば、抜け穴から離れ屋に逃れ、裏道に出られるようになっていた。

河内屋にそんな仕掛けがあるのを知り、権八が目を丸くした。

「すげぇや。まるでお城だ」

「あたぼうよ。おれの自慢の作だ」

話を聞きながら、左近は考えた。

そのような河内屋をふたたび襲おうとするのは、相当な執念と恨みを持っている。盗賊の正体は、何者なのだろうか。

将軍家御用達ばかりを狙うのは、将軍家に恨みのある者かもしれぬ。

となれば、大名。

外様か、それとも……。

世の中には、将軍家によって改易《かいえき》とされ、あるいは減封《げんぽう》された大名と家臣たちがいる。

浪人となり、食うに困り、あえいでいる者も多い。

その者たちが、将軍家御用達を襲って金を奪い、世を騒がしているのだとすれば、このままでは終わらぬはず。

「左近の旦那、どうしなすったんで」

権八に言われて、左近は顔を上げた。

「このままでは終わらぬ気がするのだ」

すると、木兵衛が言う。

「旦那、河内屋は心配ないですぜ。盗賊が捕まるまで商売を休んで家に籠《こ》もっておられやすし、夜は中から開けない限り、破られることはありやせんや」

「しかし棟梁、その仕掛けを記した絵図面は、今どこにある」

左近に訊かれて、木兵衛は目を見張った。

「いけねぇ、家に置いたままだ」

ふといやな予感がした左近は、立ち上がる。

「権八殿、案内を頼む」

「絵図面を取りに行かれやすか」

「うむ」

「ではあたしも」

隠し場所を知るおすみが言うので、左近は三人で棟梁の家に急いだ。

神田明神《かんだみようじん》裏の家に行くと、路地に住人がいたので、おすみが昨夜の騒ぎを詫びながら歩み、左近を家に案内した。

閉《た》てられていた戸を開け、中に入ろうとした時、

「そ、そんな」

おすみが後ずさりして、地べたに尻餅をついた。家の中が荒らされていたのだ。

「おすみ殿、絵図面を」

左近が手を貸しておすみを立たせ、中へ連れて入った。

隠し場所は天井裏だと言い、震える指で示すので、左近は権八を肩車した。

「どうだ、権八殿」

屋根裏を調べた権八が、

「だめだ。鼠《ねずみ》の糞《ふん》しかねぇです」

と言うので、左近は下ろした。

「鼠に持っていかれたんじゃ」

権八が訊く顔を向けると、おすみがかぶりを振る。

「それはないです。囓《かじ》られないように、二重にした箱に入れていましたから」

「権八殿、おすみ殿を頼む」

言い置くと、左近は家を飛び出した。

そして、元飯田町に走った。

水道橋《すいどうばし》を渡り、大名屋敷のあいだの道を抜けて元飯田町から坂に出ると、中腹あたりの家が焼けていた。

左近が、苦渋《くじゅう》の表情で坂を駆け上がる。

五軒の商家を類焼《るいしょう》させて、瀬戸物屋《せともの や》の河内屋は焼け落ちていた。

火事から時が経っているらしく、野次馬の人だかりはない。材木を片づける人足たちが働いているだけだ。

左近は河内屋があった場所に行き、人足を束《たば》ねる男に訊いた。

「狙われたのは河内屋か」

「ああ？」

無愛想《ぶあいそう》な返事をして振り向いた男が、目を見張る。

怒りを抑《おさ》える左近が、鋭く険しい目をしていたからだ。

「河内屋の者は、生きておるのか」

「そ、それが、隠し部屋に隠れていたところを襲われたらしく、大勢やられていたそうです」

「生きている者はおらぬのか」

「お役人が、そのようなことをおっしゃっておりやした」

地面にぽっかりと口を開ける地下室への入口を見た左近は、襲われた者たちの悲鳴が聞こえる気がして、辛くなって目をつむる。

姿が見えぬ悪党に怒りが込み上げ、鋭い目を開けた左近は、きびすを返し、その場をあとにした。


その頃、江戸のとある場所では、上等な着物を着た中年の男が、背後に現れた者から報告を受け、唇《くちびる》に薄い笑みを浮かべた。

「五万両か。河内屋め、余を手こずらせただけのことはある」

そう言うと、真新しい鉄砲を構え、引き金を引いた。

かちりと鉄がぶつかる音がして、男が鉄砲を配下に渡す。

「そろそろ、将軍家御用達を狙うのは危うい。狙いを他の大商人へ移せ」

「はは」

「綱吉めは悔しがっておろうな」

「役人どもが、目の色を変えて走り回っております」

「まだまだ、はじまったばかりじゃ。江戸中の金を奪い、天下を我が物にしてやる。又十郎、皆にそう伝えよ」

「はは」

又十郎が音もなく去ると、男は立ち上がり、表に出た。

すり寄った黒猫を膝に抱き、庭で草をむしっている下女を見る。

先ほどとは別人のように穏やかな表情になり、下女に話しかけた。

「おこま、今日は、よい天気じゃ」

「はい。あ、旦那様、今日の夕餉は何にしましょうか」

「鯛《たい》の天ぷらがよいな」

「はぁい」

笑みで応じておこまが草むしりに戻ると、男は空を見上げた。

この男、井坂是守《いさかこれもち》道は、胸に秘める邪悪な思いなどまったくわからぬ穏やかな顔で、真っ青に晴れ渡る江戸の空を眺《なが》めた。

第四話　狙われた左近

一

将軍綱吉は、吹上御庭《ふきあげおにわ》の池のほとりに建つ庵《いおり》に籠《こ》もり、一人で憂《うれ》いに沈んだ顔をしていた。

綱吉の子、徳松が五歳で逝《い》ってしまった日も、今日のように晴れた日だった。

あの日も綱吉は、吹上の庵に籠もり、一人で考えごとをしていた。

綱吉側近の柳沢保明が、悲痛な面持《おもも》ちで声をかけてきたのを思い出す。

「上様、一大事にございます」

「弥太郎《やたろう》か、なんじゃ」

「徳松君《ぎみ》が、お倒れになられました」

「何！」

綱吉は驚き、立ち上がった。

「高い熱がおありとのことにございます」

「風邪《かぜ》か」

「医者が申しますには、悪い咳《せき》をしておられますので、予断を許さぬとのことにございます」

綱吉は茶碗が足に当たって転がるのも構わず、柳沢が用意していた馬にまたがり、可愛い息子がいる西ノ丸《にしのまる》へ馳《は》せた。

壱之御門《いちのごもん》を出て堀端を走り、吹上御門を潜《くぐ》り、西ノ丸下乗橋《げじょうばし》前で馬を捨てて玄関前御門に急ぐ。

西ノ丸大奥にある徳松の寝所に行くと、五歳の徳松が、母親の伝《でん》に抱かれていた。

「伝、徳松はどうなのじゃ」

伝は、やつれた顔を綱吉に向けもせず、我が子を見つめている。

綱吉が下座に控えていた奥医師を見ると、奥医師は辛《つら》そうな顔を横に振り、うつむいてしまった。

徳松がこの世を去ったのは、それから間もなくのことだった。

眠るように逝ってしまった徳松のことを思い返し、綱吉は深いため息をつく。以来、子宝に恵まれていない綱吉に、世継ぎはいない。

幕閣の中には、長女鶴姫が嫁ぐことが決まっている紀州藩嫡子《ちゃくし》の徳川綱教《つなのり》を将軍家世継ぎに、と言う者がいるようだが、綱吉にはまだその気はない。

このまま世継ぎに恵まれなければ、将軍の座を争った綱豊に譲るのが筋だと、胸の内で考えるようになっていたのだ。

だが、これを明らかにすれば、綱豊を嫌う母桂昌院や、大老の堀田、御側御用人の牧野などが反対し、綱豊の命を狙うかもしれぬ。

そう思うと、綱吉の気は重くなるのだ。

ふたたびため息をついた綱吉は、水面《みなも》を滑るように泳ぐ水鳥を眺《なが》めているうちに、気楽そうでうらやましくなる。

同時に、生きるために懸命な生類《しょうるい》が妙に愛《いと》おしくなり、水辺の藪《やぶ》から飛んできた蚊《か》が腕に止まっても、たたき殺してしまうのが可哀そうになって、じっと見つめた。

綱吉は、我が子を喪《うしな》って以来、魚も肉も断《た》っている。

将軍家光《いえみつ》公が薨去《こうきょ》すると共に、剃髪《ていはつ》していた桂昌院に倣《なら》ってのことだが、生類を口にせぬせいか、むやみに人を殺《あや》めることはもちろん、老《お》いた馬を捨て、病《やまい》になった父母の面倒を見ずに野山に捨てる民たちの習慣をやめさせるにはどうしたらいいか、そればかりを考えるようになった。

そんな綱吉の気持ちを逆なでするように、凶悪な盗賊が江戸の民を恐怖に陥《おとしい》れている。

どうしたものかと考えをめぐらせていると、背後に人の気配がして、柳沢が声をかけた。

「上様、ご報告がございます」

「入れ」

綱吉が言うと、柳沢が襖《ふすま》を開けて入り、頭を下げる。

「昨夜、河内屋が賊に襲われ、あるじ以下、下女にいたるまで皆殺しにされました」

「だから言うたのじゃ、あの頑固者め……」

綱吉は悲痛な顔で言い、膝下《ひざもと》に置いていた茶碗を手に取った。

先日、河内屋がこの茶碗を献上した際、綱吉は警固《けいご》をつけるよう告げたのだが、河内屋は、自分のところは備えが万全なので、盗賊の探索に回してくれと言い、断っていたのだ。

それでも綱吉は、残酷非道な盗賊ゆえ受けろと説得したのだが、遠慮する河内屋は、店をしばらく休むと言い、聞かなかったのだ。

「一度は盗賊をはねのけた自慢の備えを、破られたのか」

「はい。抜け道が仇《あだ》になったらしく、そこから侵入を許したようです。普請《ふしん》をした大工の家から、絵図面が盗まれたとのことにございます」

「では、大工も殺されたのか」

「いえ、傷を負いましたが、運よく生きております」

「さようか」

と言ったきり、綱吉は黙り込んだ。

虫を殺すように人を殺める盗賊に対する怒りが込み上げ、声も出せないのだ。

「大老の堀田様が評定所《ひょうじょうしょ》に召集をかけ、合議をなされるとのことにございます」

「なんとしても捕らえよと、さよう申しつけよ」

「はは」

下がろうとした柳沢を、綱吉が呼び止める。

「牧野に行かせろ」

「かしこまりました」

柳沢は頭を下げ、本丸へ戻った。


程なく、牧野から綱吉の意向が伝えられると、堀田は評定所の呼び出しに応じて集まっていた幕閣に、半月のうちに盗賊を捕らえると告げた。

皆を見回す堀田は、すこぶる機嫌が悪い。

「江戸市中では、盗賊を捕らえられない公儀に対して、不満の声が高まっておる。このままでは諸侯に示しがつかぬどころか、とんだ笑い物じゃ」

皆が黙る中、戸田老中が口を開いた。

「盗賊の狙いは、将軍家御用達の大商人ばかりでございますので、ここは一旦、御用達の文言を入れた看板を下ろすよう、商人たちに申し渡したらいかがでございましょうか」

「そのような弱気の策では、盗賊どもを捕らえることはできぬ」

堀田が言い、皆に告げる。

「これ以上、非道なおこないを許さぬためにも、御先手組《おさきてぐみ》をすべて盗賊改といたし、江戸中をしらみ潰しに探索させる。異論はござるまいな」

堀田に逆らう者はおらず、御先手組に出役《しゅつやく》のお達しがくだされた。

市中の探索は、まさにしらみ潰しで、旅籠《はたご》から長屋、神社仏閣《じんじゃぶつかく》にいたるまで調べられた。

昼夜交代でのお調べは極めて厳しく、夜中だろうが容赦《ようしゃ》なく家に踏み込み、身元がはっきりせぬ者は番屋に引っ張られ、厳しく調べられる。

この煽《あお》りを受けたのは、町を仕切る町年寄《まちどしより》と名主《なぬし》といった町役人と、長屋の家主だ。

家主は、長屋に怪《あや》しい者を住まわせたと責められ、町年寄と名主は、町のことを見ていないと責められる。

わけあって江戸に逃れてきた者たちは、手形もなければ、身元の証《あかし》も立てられないので、男女問わず捕らえられ、吟味《ぎんみ》を受けたのちに、江戸から追放された。

江戸に住まいを持っていても、身内や身元引受人がいない者は厳しく調べられ、中には、拷問《ごうもん》で命を落とす者も出た。

拷問を恐れた無法者や、やくざ者たちの中には、捨て身の抵抗をする者がおり、御先手組の者と斬り合いになるなど、町中が混乱した。

これが数日続いた頃、町に変化が起きた。

「こうなったのは、盗賊のせいだ！」

という声が、風が稲穂《いなほ》をなでるように江戸中に広がり、日頃から人付き合いがなく、周囲から孤立している者に白い目が向けられ、町役人への密告が相次いだ。

気性の荒い男衆が暮らす場所では、棒っ切れを武器にして怪しい輩《やから》を町から追い出そうとするなど、町の浄化《じょうか》がはじまった。

これは思わぬことで、悪人の巣窟《そうくつ》と化し、町奉行所の役人も足を踏み入れることをためらっていた町から、怪しい輩が姿を消すなど、江戸市中の治安が飛躍的によくなった。

だが、肝心《かんじん》の盗賊は、一人も捕らえることができないどころか、手がかりさえもつかめていない。

これには、さすがの堀田もお手上げで、

「すでに江戸を去ったのやもしれぬ」

と、希望に満ちた言葉を述べた。

江戸中をしらみ潰しにしても、出てくるのはこそ泥《どろ》や無頼者ばかりで、名のある盗賊たちは、早々に江戸を去ったか、あるいは、役人の目が届かぬところに潜《もぐ》り込んでいるかだ。

とはいえ、堀田が打ち出したしらみ潰しの策は功《こう》を奏《そう》し、凶悪な盗賊は、ぱたりと仕事をしなくなった。

ひと月が過ぎ、夏を迎えても、新たな押し込みは起きていない。

この間、堀田は決して気をゆるめることを許さなかった。

町には相変わらず盗賊改の目が光り、旅人が行《ゆ》き交《か》う街道筋では、厳しいお調べがおこなわれている。

だが、盗賊は決して網《あみ》にかからなかった。

世を騒がす盗賊たちは、厳しいお調べをかい潜り、江戸市中で悠々《ゆうゆう》と暮らしていたのだ。

二

神田明神の門前には、山泉《さんせん》という休み処《どころ》がある。

門前に店を構えて一年ほどだが、ここで出す葛餅《くずもち》と茶が評判で、神田明神への参詣客《さんけいきゃく》はもちろん、わざわざ深川から食べに来る客もいた。

巳《み》の刻《こく》（午前十時頃）から申《さる》の刻《こく》（午後四時頃）までの商《あきな》いのあいだに、客足が絶《た》えることはない。

店を切り回すのは、隠居したあるじ鶴右衛門《つるえもん》の娘夫婦で、人当たりもよく、客から慕《した》われている。

この日も朝から天気がいいので、店は繁盛《はんじょう》していた。

そこへ、盗賊改方、浅倉衿道の与力である前田が現れたので、にぎやかにしゃべりながら葛餅を食べていた客たちは、急に静かになった。

前田は客たちをじろりと睨《にら》み、店先に出てきた女に顔を向ける。

「茶を頼む」

無愛想《ぶあいそう》に言い、刀を鞘《さや》ごと抜いて長床几《ながしょうぎ》に腰かけると、配下の者たちは地べたに片膝をついた。

客が遠慮して場を空けようとしたので、

「構わぬ。そのままでおれ」

前田が笑みを浮かべながら言うと、一気に場の空気が和《なご》んだ。

山泉は前田の行きつけで、店をはじめてすぐに隠居したあるじの鶴右衛門とは二度ほどしか話したことがないものの、娘夫婦とはよく話す。

娘の名はおけい、婿《むこ》の名は伊吉《いきち》というのだが、この若夫婦はよくできた人物で、客の評判もいい。常連の前田が来れば必ず顔を出し、頭を下げる。

今も前田が来たと聞いて、伊吉とおけいが揃《そろ》って現れると、

「これはこれは前田様。いつもご贔屓《ひいき》にしてくださり、ありがとうございます」

笑顔で頭を下げ、茶と葛餅を出す。

「近頃、鶴右衛門の顔を見ないが、どこか具合でも悪いのか」

前田が訊《き》くと、伊吉が答えた。

「このところ暑うございますので、奥で休ませていただいております」

「そうか。くれぐれも無理をせぬよう伝えてくれ」

「ありがとうございます」

前田はうなずき、葛餅を載せた皿を手に取って、楊枝《ようじ》で口に入れた。

「うむ、旨《うま》い」

甘い物が好きだという前田は、ふた皿も食べ終えると、代金を置いて帰った。

それを見ていた客が、

「盗賊改方のお役人にしては、穏やかなお人だ」

などと感心していると、常連客の老翁《ろうおう》が教えた。

「そりゃそうだとも。浅倉様がお厳しいからな。そのぶん、悪さをした時には、

顔見知りでもご容赦はなさらねえって噂《うわさ》だ」

「へぇ、そいつはいいや。爪の垢《あか》を煎《せん》じて、他のお役人に飲ませたいね」

「まったくだ」

別の客が言った。

その後、役人の悪口がはじまったのだが、それもこれも、盗賊を捕まえないくせに偉そうにする役人たちに、鬱憤《うつぷん》が溜《た》まっているからだ。

にぎやかにする客たちは、伊吉とおけいがそっと目を合わせて、ほくそ笑んだことに気づいていない。

おけいは店の中に戻り、板の間に上がって襖を開け、奥の部屋に入った。

裏の縁側に座り、庭を眺めながら煙草《たばこ》をくゆらせている鶴右衛門の背後に正座する。

縮緬《ちりめん》の着物を着た鶴右衛門は、おけいが座っても黙っている。

町人髷《ちようにんまげ》の髪が乱れているのを見つけたおけいが、鶴右衛門に近づき、

「髪をお直しいたします」

そう声をかけてから、髪を触った。

「小役人は帰ったのか」

鶴右衛門が、低い声で訊く。

「いつものように、葛餅を食べに来ただけのようです」

「うむ」

鶴右衛門はうなずき、煙管《きせる》を持った右手を横に出す。

髪を整えたおけいが煙管を受け取り、灰吹《はいふ》きに火を落とすと吸い口を吹き、懐《かい》紙《し》で紅《べに》を拭《ぬぐ》う。

その仕草に目を細めたのは、山泉のあるじ鶴右衛門こと、井坂是守道だ。

この男、今は盗賊の頭《かしら》に身を落としているが、元は三万石の大名である。

しかも、岩倉具家を将軍にして天下を我が物にしようとたくらみ失墜《しっつい》した、大老酒井忠清《ただきよ》の義弟だ。

井坂是守道は、当時権勢を振るっていた酒井大老の庇護《ひご》の下《もと》、領地の百姓に重税を課した。しかも雑税として、家や妻、家畜にいたるまで税を課し、納《おさ》められなければ家畜を没収して、女子供を売らせるなど、過酷な政《まつりごと》をおこなっていた。

酒井大老が失墜すると同時に、綱吉に藩政のまずさを問われ、改易《かいえき》となった。

身柄を彦根藩《ひこねはん》に預けられ、切腹の沙汰《さた》を待つばかりの暮らしを強《し》いられていたのだが、義兄酒井大老と連座《れんざ》するかたちですべてを奪われた井坂は、綱吉を恨《うら》んで復讐を誓うと、幽閉先《ゆうへいさき》の寺から逃げたのだ。

そして、側衆《そばしゅう》だった忍びを集め、一年前に江戸に入った。

すぐに空き家になっていた商家を買い取ると、隠れ蓑《かくみの》として店をはじめた。

井坂の娘夫婦となっているのは、側衆だった忍びの者。

警固役として共に暮らし、世間には親子で通しているというわけで、前田なども、すっかり騙《だま》されてしまっている。

五十余名の配下の者は、江戸中に散らばって暮らし、駕籠《かご》かきから旅籠のあるじまで、幅広い職に就《つ》きながら、善良な町人になりきっているのだ。

その者たちの身元を疑われないのは、普段から町役に協力し、信用を得ているからだ。

忍びとして超人のように身体と精神を鍛え抜いている者たちにとって、善良な庶民になりすまして暮らすことなど、造作《ぞうさ》もないことなのだ。

だが、一旦命がくだれば、配下の者たちは顔つきを変えて、命がけで従う。

たとえ、それが無慈悲《むじひ》な殺人であっても、感情を露《あら》わにせず、淡々《たんたん》と役目を果たすのだ。

その者たちを操《あやつ》る井坂の目的は、将軍家の膝下である江戸中の金を奪い、財政を混乱させることだ。

綱吉を恨み、復讐を誓って江戸に来たのだが、本丸を襲い、綱吉にかわって天下を取るなどとは、露《つゆ》ほども思っていない。

ただ単に、綱吉の膝下である江戸を引っかき回し、幕府の無能ぶりを世に知らしめるだけでいい。

そのあとは、奪った金の力で江戸の商人を牛耳《ぎゅうじ》り、大商人として天下を取る。

これが、井坂が目指す道。

これからは、刀を振り回す武家の世ではなく、大名家をも凌《しの》ぐ財力を持つ商人の世になる。

大名屋敷から出てみて、幕府の顔色をうかがいながら暮らす侍たちの生き様がくだらぬものに見えてきた井坂は、江戸中に散らばっている配下に商いをさせ、徳川を凌ぐ財力を手にしようとしているのだ。

将軍家御用達を狙うのは、綱吉へのいやがらせでもあるのだが、実のところは、そのような大商人たちが、この先、商人として天下を取ろうとする井坂の行く手を阻《はば》むであろうことが予測できたからだ。

これからも、将軍家の庇護を受けている商人はすべてこの世から消し去り、江戸を牛耳る。

だが近頃では、さすがに御用達の店は、町方によって厳重に警備されているのも事実。

江戸を財力により支配するという野望に燃える鶴右衛門こと井坂是守道は、将軍家御用達だけでなく、他の商人を襲うことも考えていた。

「おけい」

「はい」

「役人どもは、将軍家御用達に張りついておるのか」

「今朝方の知らせでは、そう聞いております」

井坂は、文机《ふづくえ》の裏に張りつけている紙を取り、開いてみる。

「いよいよ、仕込みを使う時が来たようだ。次は、日本橋の海苔問屋《のりどんや》、山下屋《やましたや》だ。又十郎に伝えよ」

「かしこまりました」

おけいが下がり、井坂の命は、まるで風に乗るように、江戸中に伝わっていく。

普段は、牛込《うしごめ》で駕籠かきをしている又十郎の配下は、駕籠に乗ってきた商人風の男から繋《つな》ぎを受けると、そのまま日本橋まで運んでいった。

狙いをつけた山下屋は、己たちが襲い、丸焼けにした黒辺屋とは、少し離れた場所にある。

更地《さらち》のままの黒辺屋の跡を横目に、駕籠を担《かつ》いで走る駕籠かきは、山下屋を通り過ぎると、四辻《よつじ》を左に曲がってすぐのところにある小間物屋の前で止まった。

繋ぎをつけた男はこの店のあるじで、井坂の直臣《じきしん》だ。

駕籠を降りた男は、何食わぬ顔で店に入り、客たちに明るく愛想《あいそ》笑いを向けながら商売へ戻った。

そして半日が過ぎ、日が西に傾《かたむ》いた頃になると、手代を伴《ともな》った商人たちが小間物屋に入ってきて、

「今日は、お世話になりますよ」

と、客の前で手代に言い、手土産《てみやげ》の角樽《つのだる》を渡す。

傍《はた》から見れば、商人たちの酒宴が開かれると思うであろうが、集まっている者はすべて忍びで、人混みの中で二人組になると、人混みを抜けた時には、商家のあるじと手代の風体《ふうてい》になっているというわけだ。

そうして今宵《こよい》集まったのは、三十五名。

まだ客がいるうちから奥でにぎやかにやり、疑いの目をそらせると、そのまま

夜更《よふ》けを待ち、支度をはじめるのだ。

皆が支度を終える頃、風のように又十郎が現れ、居並ぶ配下に命じる。

「抜かりなきよう、すべて灰にいたせ。では、まいる」

そう言ってきびすを返すと、配下の者が身軽に屋根に上がり、音もなく走って山下屋に行く。

眼下の通りには、高ちょうちんを持った役人たちが行き交い、そのたびに明かりにさらされるので、又十郎たちは身を伏せてやりすごした。

この頃になるとさすがに盗賊改方も、盗賊たちが屋根を使って移動していると睨み、昼夜問わず屋根の上に見張りを立てている。

その者たちのちょうちんの明かりの中に飛び込んだ配下の者が、相手が気づく前に後ろから襲い、息の根を止めて押し倒す。

同時に、仲間が黒装束《くろしょうぞく》を脱ぐと、その下には、見張りの者と同じ着物が仕込まれていた。

通りを警戒している者たちは、屋根の上の見張りが盗賊と変わっていることにまったく気づかぬまま、見廻りを続けている。

手下の小間物屋から山下屋までは、商家の屋根を四つ渡っただけで到着した。

将軍家御用達ではないため、役人たちも警固についていない。

家人も油断しているらしく、用心棒らしき者はいない。

「お頭、こいつは簡単だ」

又十郎の横に並んだ配下の者が言い、数名を連れて先陣を切って下りた。

他の者たちも、次々と下りていく。

又十郎と二人の側近が家に入ると、年老いたあるじ夫婦が、ぎらりと向けられた刀の切っ先に怯《おび》え、がたがた震えていた。

「金蔵の鍵を出せ」

配下の者が言うと、

「出しますから、命ばかりはお助けを」

あるじが泣き声で言い、首に下げていた鍵を差し出す。

それを持って蔵を調べた配下の者が、指を三本立てた。

「三千両か。まあよい」

又十郎が言い、きびすを返した。

背後で口を塞《ふさ》がれたあるじ夫婦の断末魔《だんまつま》の声がしても、又十郎は覆面の奥にある冷徹な眼差しを外に向け、逃げていく配下を見ている。

「すべて、終わりました」

配下の者が告げると、又十郎は松明《たいまつ》に火をつけ、油が染みた畳に移す。

すぐ商家の屋根に上がり、火が外に出る前に逃げた。

小間物屋に戻ると、配下の者たちは商人風の着物に着替え、風呂敷包《ふろしきづつ》みを背負って待っていた。

又十郎も町人風の着物に着替えをすませると、冷酒《ひやざけ》で喉《のど》の渇きを潤《うるお》しながら、その時を待った。

火事を知らせる半鐘《はんしょう》が鳴り響いたのは、小間物屋に戻って程なくのことだ。

「行きますか」

焦《あせ》る配下を止めた又十郎は、外が騒がしくなると、ゆっくり立ち上がる。

「待て」

「各々《おのおの》、わかっておるな」

念を押すと、配下の者たちがうなずく。

「では、まいろう」

そう言って、表の潜《くぐ》り戸《ど》から通りに出る。

大通りでは、火事から逃げる大勢の者たちが京橋方面に向かっている。

又十郎たちはその流れの中に交《ま》じり込み、火事の混乱に乗じてまんまと逃げおおせた。

翌晩は、警備が手薄な神田に現れ、油問屋を襲い、その次の日は、赤坂《あかさか》の油問屋を襲った。

神田と赤坂は、火が出たのが油問屋だったのでなかなか消せず、それぞれ十軒以上の家屋敷が焼失《しょうしつ》した。

これほどの火事でも江戸中に燃え広まらなかったのは、襲われた家から炎が噴き出す前に、又十郎の配下の者が、火事を知らせる半鐘を打ち鳴らしたからだ。

わざわざ半鐘を鳴らすのは、江戸を大火に包まぬことと、火事から逃げる者たちに交じって、その場から逃げ去るためだ。

神出鬼没な盗賊をまったく捕らえられぬのは、山下屋を襲った時のように、狙いを定めた店の周囲に配下の者を住まわせ、気づかれぬように集まり、逃げる時は火事の混乱に紛《まぎ》れるという手はずを、役人たちが見抜けぬからだった。

ある晴れた日の昼間、籠《かご》を背負い、紙くず買いの身なりをした又十郎は、神田明神門前の山泉に現れると、店の紙くずを買いに来たと声をかけて裏に回った。

下女のおこまが、裏の縁側に腰かける又十郎に目礼をして、井坂を呼びに行く。

一人金蔵に籠もり、千両箱の山を眺めていた井坂は、又十郎が来たことを告げるおこまにうなずいて、外に出た。

部屋に入ると、縁側に腰かけている又十郎が立ち上がり、地べたに片膝をついて頭を下げる。

「いかがした」

「今川橋で我らの邪魔をし、配下の者を斬った者の正体がわかりました」

「どこの忍びだ」

「甲府藩主、徳川綱豊に仕《つか》える甲州者にございます」

「綱豊、か」

井坂が、目を細めて考える顔をした。

「我が義兄《あに》、酒井雅楽頭様のたくらみを阻止した男が、今度は余《よ》の邪魔をしようとしておるのか」

「おそらく」

「なぜじゃ。綱豊は、次期将軍と言われていたにもかかわらず、その座を綱吉に奪われたのだぞ。綱吉の世が混乱すれば、民は綱豊に目を向けるはず。なぜ邪魔をする」

井坂は目を見開き、火がついたように言葉を並べた。

黙って聞いていた又十郎が、井坂に問われ、目線を下げたまま答えた。

「綱豊は、罪なき者を殺める我らの所業が、許せぬのでしょう」

「我らの邪魔立てはさせぬ、斬れ」

命じる井坂に、又十郎が頭を下げて異を唱《とな》える。

「おそれながら、狙いをつけている商家は、残り二軒のみ。これらを片づけたあとのほうがよろしいかと」

「綱豊は酒井様のくわだてを阻止した男だぞ。生かしておけば、目的を果たす前にここを突き止められるやもしれぬ」

「心配はございませぬ。我らのことを探ろうとした伊賀者《いがもの》は、始末しております」

「その油断が命取りになる。そもそも何ゆえ、伊賀者が我らのことを探りはじめたのだ。お前が、仲間を斬った者の正体を暴《あば》くために、いらぬことをしたからであろうが」

「申しわけございませぬ」

「あやまるなら、綱豊をさっさと始末せい」

「はは、仰《おお》せのとおりにいたしまする」

又十郎は立ち上がって頭を下げ、井坂の前から去った。

井坂は、そばに控えるおこまに苛立《いらだ》ちをぶつける。

「おこま、次からは、又十郎が勝手なことをせぬよう気をつけろ」

「はは」

おこまは頭を下げ、鋭い目を地面に向けた。

三

赤坂の油問屋が襲われた日から、五日が過ぎた。以来、盗賊に襲われる店は出ていない。

どこかに潜《ひそ》んでいるのか、それとも江戸を去ったのか。

まったく正体がつかめずにいた公儀は、次はどこが狙われるとか、自分の身可愛さに、嘘《うそ》の噂を流して守ってもらおうとする商家の声に翻弄《ほんろう》されていた。

盗賊改方は噂に流されて走り、怪しいと見るやすぐに飛びかかり、厳しい拷問をした。

殺伐《さつばつ》とした空気が江戸中を包み、盗賊を恐れて国許《くにもと》へ戻る商人が出はじめるなど、市中は混乱を極めた。

町の様子を知った新見左近は、盗賊改と御先手組を助けるために密《ひそ》かに動いていたのであるが、やはり何もつかめなかった。

唯一の手がかりといえば、小五郎が手に入れた手裏剣だけだ。

左近から盗賊の探索を命じられていた小五郎は、又十郎の罠《わな》だと気づかず、伊《い》賀組《がぐみ》の者に手裏剣を預け、手がかりを捜すよう頼んでいた。

その伊賀組から、やっと使いの者が来た。

月日がかかったのは、綱豊の家来である小五郎の依頼を受けた伊賀組の頭領が、甲賀組《こうがぐみ》にも協力を仰《あお》いで、日ノ本中に探索の手を伸ばしていたからだ。

その甲斐《かい》あって、似たような手裏剣を使う忍びの一派が浮かび上がった。

根津の藩邸に戻った小五郎とかえでが、そのことを左近に告げる。

「伊賀の里から枝分かれした流派のひとつに、経上流《きょうじょうりゅう》がございます。盗賊が使う手裏剣は、経上流に似た物だとのこと。初代は近江《おうみ》に根づいていたそうですが、その後の行方はわからず、滅《ほろ》んだものと思われていたそうです」

小五郎に続いて、かえでが言う。

「探索をしていた伊賀組の者が数名、何者かによって命を奪われたそうです」

左近が訊く。

「斬られた場所はどこだ」

「薩摩《さつま》と出羽《でわ》。特に出羽は、二人斬られました」

小五郎がそう言うと、間部が訊く。

「小五郎殿、手裏剣が経上流の物と判明したのは、どこからの話でござる」

小五郎は間部を見やり、左近に目を転じながら答える。

「近江に生きていた、伊賀流の老師だそうです」

この老師の存在が、又十郎の誤算であった。

流派同士の争いにより、近江の地を追われた又十郎の祖父と闘った男が、齢《よわい》九十を超えた今も存命していようとは、思わなかったのだ。

「老師の話を聞いた伊賀組は、配下の者が行方を断った薩摩と出羽のどちらかに、経上流を継ぐ者が生きていると睨んでいるようです」

「殿、薩摩と出羽……どちらかが盗賊に絡んでいるということでしょうか」

間部に訊かれて、すぐに左近は薩摩の関与を否定した。

「国の守りが堅い薩摩を探るのは、容易なことではない。その前に、島津《しまづ》侯が民を殺める盗賊に荷担《かたん》しているとも思えぬ」

小五郎が、左近に訊く。

「出羽は、いかがでしょう」

「出羽には……心当たりがある」

左近は言い、表情を曇らせた。

「先の大老、酒井忠清殿の妹婿だった者が、かの地に三万石の領地を得ていたが、忠清殿の失墜と共に、上様の命で改易になっている」

「その者の名は」

間部に訊かれて、左近は答えた。

「井坂是守道。幽閉先から逃げ、今も行方知れずのままだ」

「酒井大老の縁者であれば、将軍家に恨みを持っていても、不思議ではございませぬ」

間部が言った。

左近の頭の中で、この者に違いない、という思いが芽生《めば》えたのは、この時だった。

「井坂是守道が、江戸に潜んでいるのかもしれぬ」

だが、間部が首をかしげる。

「されど、井坂は追われる身。江戸に潜んでいるなら、こたびの探索で見つかっているのではございませぬか」

「盗賊どもの影さえ見つけられぬことを思えば、庶民になりすまして潜んでいるのであろう。忍びの者がそばについておれば、姿を変えるのは造作もないことだ」

間部は左近の言葉にうなずいたものの、まだ納得できぬ様子だ。

「出羽の井坂の旧領は、すでに他藩の物になっているはず。そこを調べようとした伊賀者を斬ったとなると、今の藩も関わっておることになりますが」

「あるいは、伊賀組が見張られていたのかもしれぬ」

左近が言うと、小五郎が顔を上げた。

「わたしが、手に入れた手裏剣のことを必ずや調べると見抜き、伊賀組の動きを探っていたのでしょうか」

間部が唸《うな》った。

「なるほど。だとすれば、出羽に向かう者を途中で襲うことは容易です」

間部が言ったが、左近は何かが胸に引っかかっていた。

「盗賊改方の浅倉衿道に、とどめを刺そうとした盗賊……小五郎はそれを邪魔し、奴らの仲間を斬っている。逃げる際に、小五郎に手裏剣を投げ打ったのが、かわされると見込んでのことだとすれば……」

左近が言い、小五郎に問う顔を向けると、小五郎がはっとした。

「わたしの身元を、探るため……」

左近はうなずいた。

「小五郎の闘いぶりを見て、忍びの者と見抜いたに違いない。戻らぬ伊賀者は、捕らえられて拷問を受けたか」

左近が言うと、間部の顔が青ざめた。

「では、仲間を斬った小五郎殿に手裏剣を投げたのは、小五郎殿が伊賀組に手裏剣を持ち込むと見越してのおこないだと」

「どうやら、そのようだ」

左近は言い、暗い庭に鋭い目を向けた。

小五郎が同時に動き、手裏剣を抜いて庭に投げ打つ。

黒染《くろぞめ》の布をまとい、闇に溶け込んでいた曲者《くせもの》の胸に突き刺さって、断末魔の声をあげて倒れた。

廊下に控えていた小姓が驚き、

「曲者！　曲者にござる！」

叫んで抜刀《ばっとう》し、左近を守るために部屋の中に入った。

廊下に転げ上がった曲者が手裏剣を投げ打ち、小姓の足に突き刺さる。

「おのれ！」

小姓が苦痛の声をあげつつ、左近を守った。

小五郎が抜刀し、左近に迫る曲者を斬る。

闇から染み出るように現れる曲者が襲ってきたが、武者隠《むしゃがく》しから飛び出した小五郎配下の甲州忍者たちが応戦し、たちまち乱戦となった。

間部が小姓から刀を受け取り、左近の前に出て守る。

乱戦の中、屋根から降り立った忍《しの》び装束《しょうぞく》の男が廊下に駆け上がると、間部と刀を斬り結び、左近から離した。

その刹那《せつな》、闇の中に閃光《せんこう》がきらめき、鉄砲の轟音《ごうおん》が響いた。

小五郎の配下の忍者が左近をかばい、その者の肩をかすめた弾丸が、床の間に飾られていた花器を粉砕《ふんさい》した。

矢を番《つが》えていた左近の家臣が、鉄砲が放たれた松の木を狙って射《い》る。

胸を射抜かれた忍びの者が、呻《うめ》き声をあげて木から落ちた。

口笛《くちぶえ》が闇の空に響くと、敵が闘いをやめて跳びすさり、闇に紛れて逃げた。

小五郎が配下の者を連れて、追っていく。

「間部、馬を持て」

左近もそう命じて庭に駆け下り、逃げた敵を追った。

かえでが、左近の背後を守りながらついてくる。

屋敷の脇門から外へ出たところで、かえでが案内する。

かえでは、小五郎たちが残した目印を見つけたのだ。

間部が馬を馳せて追ってきた。

「殿！」

「屋根の上だ。追え」

左近が命じると、間部が馬に気合を入れて駆けていく。

根津の町家の屋根の上を逃げる敵は、途中で四方八方へ分かれた。

小五郎は、目の前の一人に狙いを定め、気づかれぬように距離を空けて追った。

人気《ひとけ》の少ない堀端に降り立った敵は、材木屋が立てかけている材木の裏に姿を隠した。

小五郎は配下の者を止め、闇の中に潜む。

すると程なくして現れた敵は、覆面を取り、単《ひとえ》の町人姿になっていた。

何ごともなかったかのように表の通りに出ると、見廻り役人の目を避けるように反対側の路地に入った。

小五郎があとを追っていくと、男は神田山本町《かんだやまもとちょう》の長屋に入った。

小五郎は物陰に潜み、配下に命じて、敵の仲間が近くにいないか探らせた。

程なく戻った配下が、仲間はいないと告げる。

その頃、間部は、小五郎の配下と共に追っていた敵を見失っていた。

町家の中に入ったので馬を下りて追ったのだが、忽然《こつぜん》と姿が消えていたのだ。

小五郎の配下があたりを探索したが、どこにも姿がないと言って帰ってきたので、仕方なくあきらめ、屋敷に戻った。

かえでと共に小五郎の目印を辿《たど》っていた左近は、小五郎の配下の者に案内されて、長屋の近くまで行った。

小五郎から、長屋に逃げ込んだと聞き、左近はうなずく。

「昼間でも目につかぬところを探し、長屋を見張れ。この者と接触する者すべての跡をつけ、徹底的に調べよ」

「はは」

小五郎はあたりを見回し、身を隠す場所を探した。

「殿、ここはわたしにおまかせください」

「うむ」

「根津のお屋敷は危険です。今宵は、桜田《さくらだ》のお屋敷に」

正室がいる桜田の屋敷は、確かに守りも堅いが、曲者が来れば、曲輪内《くるわうち》で騒動を起こすことになる。それに、年若い正室を危ない目に遭《あ》わすわけにはいかぬと思い、左近は根津の屋敷に戻った。

この夜から、小五郎たちの監視がはじまった。

小五郎たちは長屋が見渡せる部屋を確保し、そこを拠点に棒手振《ぼてふ》りや托鉢僧《たくはつそう》などに化けて長屋の周りに張りつくと、敵が逃げ込んだ部屋に目を光らせた。

その者が暮らす部屋の戸には、かんざし、と、ひらがなで書かれてある。

普段は、簪《かんざし》を作る職人として、庶民に溶け込んでいるのだ。

長屋の連中が朝の支度に出てきたのに合わせるように、男が姿を現した。

手拭《てぬぐ》いを肩にかけて井戸端に行き、長屋の女房たちと打ち解けた様子で話している。

蜆《しじみ》の棒手振りに化けて流していた配下の報告では、男の様子を見る限り、昨夜根津の屋敷を襲撃した一味の者とは思えぬ明るさだという。

「つまり、正体を隠す術《すべ》は一流というわけか」

小五郎から報告を受けた左近は、そう言って立ち上がり、庭を見た。

家来たちによって庭は掃《は》き清められ、昨夜の闘いが嘘のようであるが、床の間を見れば、鉄砲の弾の痕《あと》が壁に残っている。

「あの集団に襲われたのでは、店の者はどうすることもできなかったであろう」

左近が殺された者たちの無念を思い、目を閉じる。

そばに控えている間部が口を開いた。

「手を打たなければ、盗賊改方も被害が増しましょう。上様にご報告なさいますか」

「いや、せっかく盗賊の尻尾《しっぽ》をつかんだのだ。さらに兵を増やされては、逃げてしまう恐れがある。相手はしたたかだ。ここは慎重にことを構え、盗賊を操る黒幕を捜し出し、悪を根元から絶たねばならぬ」

「しかし、我らが単独で動き、ふたたび商家が襲われるようなことがあれば、殿にお咎《とが》めがございます」

間部は案じたが、左近は従わなかった。

「その時は、余が腹を切る」

間部が驚き、膝を進める。

「何を仰せです」

「間部殿、このわたしが殿に腹を切らせはせぬ。屋敷の守りを頼む」

小五郎の言葉に、間部は不服そうな顔をしたが、結局は引き下がった。

小五郎はうなずき、神田へ戻った。

四

長屋を見張りはじめて、十日が過ぎた。

男は毎日、職人としての仕事をしているらしく、小間物屋に出かけては、作った簪を納めている。

小間物屋から出てきた男が、見送る手代に愛想よく頭を下げているのを見て、小五郎がかえでに言う。

「とんでもない野郎が、善人の皮を被《かぶ》って生きてやがる」

小間物屋が盗賊と関わりがないことは、町役人に訊いて調べはついていた。

長屋に帰る男の跡をつけながら、かえでが言った。

「職人としての腕もあるようです。お琴様のお店の近くじゃなくて、幸いでした。

取り引きなどで、巻き込まれていたかもしれません」

「うむ」

小五郎がうなずく。

男が不意に立ち止まった。

小五郎とかえでは止まらず、男に顔を見られぬようにして追い越した。

さりげなくあたりを探っていた男が、焼き魚を売っている店で買い物をして、通りをふたたび歩みはじめた。

その跡をつけるのは、商家の手代に化けた小五郎の配下だ。

男は次に酒を買い、あとは寄り道をせずに長屋に帰った。

男が部屋に入って程なく、これまで見たことのない男が、長屋の路地へ入ってきた。

上等な生地《きじ》の着物を着た商人風の男は、長屋の連中と顔見知りらしく、軽く言葉を交わすと、盗賊の男が住む部屋の戸をたたいた。

「簪の注文をしたいんですがね」

大声で言い、戸が開けられると、中に入った。

その様子を、通りを挟んだ二階の部屋から見ていた小五郎は、かえでに命じる。

「出てきたら、跡をつけろ」

「はい」

男は長居をせず、四半刻《しはんとき》（約三十分）ほどで出てきた。

かえでが段梯子《だんばしご》を駆け下りていく。

小五郎が障子の隙間《すきま》から見ていると、男は人のよさそうな顔で長屋の連中に会《え》釈《しゃく》し、表通りに出て、来た道を帰っていく。

小五郎は配下の者と見張りを交代し、しばしの休息を取った。

かえでが戻ったのは、日が西に傾き、通りに家々の影が伸びはじめた頃だ。

「どうだった」

小五郎が訊くと、かえでは息を整え、落ち着いた声で言う。

「商人風の男は、浅草の蔵前《くらまえ》にある千成屋《せんなりや》という旅籠に入っていきましたが……妙なのです」

「繋ぎ役であったか」

小五郎の問いに、かえでがうなずく。

「旅籠は、隠れ家ではないかと……暖簾《のれん》を出しているというのに、入ろうとした客を断ったかと思えば、小女《こおんな》が引き入れる客もいます」

「身なりや人相で客を選ぶ旅籠もあるだろう」

「それが、供を連れた商人風の客を断り、かと思えば、怪しげな旅姿の男を引き入れます」

「なるほど、そいつは怪しい」

そう言って長屋に目を向けた小五郎は、目を細めていぶかしげな顔をした。

お裾《すそ》分《わ》けの品を持った長屋の女房が、男の部屋の戸をたたいているのだが、出てくる気配がないので首をかしげていたのだ。

——殺されているのでは。

そう直感した小五郎は、

「しまった」

しくじったと思い、立ち上がると、窓から外に飛び出した。

通りへ音もなく飛び降り、前に転がって立ち上がると長屋に走った。

壁に立てかけてある荷車を足場に、長屋の屋根に跳び上がり、盗賊の男が暮らす部屋の裏手に、音もなく降り立つ。

裏の障子は閉められている。

小五郎は腹に忍ばせている短刀を抜きながら障子に近づき、そっと開けてみる。

暗い部屋の中に、気配はなかった。

思い切り引き開け、短刀を構えたが、中はもぬけの殻《から》だった。

裏手を見張っていた配下の者が来た。

「お頭」

「男がおらぬ。見逃したのか」

小五郎が厳しく問うと、配下の者が首を横に振る。

「裏からは、誰も出ておりません」

見逃すような油断をせぬことは、小五郎が一番よく知っている。

では、どこに消えたのか。

小五郎は部屋の中を調べた。

狭い部屋には押し入れもなく、布団と仕事道具があるのみ。

かえでが来たのに目を向けた小五郎は、仕事机の下に置かれていた紙の端が揺らいでいるのに気づくと、片膝をついた。

手のひらを畳の縁《へり》に当ててみると、微《かす》かに隙間風が吹いている。

他の場所を探ったが、隙間風は出ていない。

小五郎は短刀を縁に刺し入れ、畳を持ち上げた。すると、人一人入れるくらいの大きさの穴が、地面に口を開けていた。

「しまった」

小五郎は唇《くちびる》を嚙《か》み、迷わず穴に入る。

明かりもなく真っ暗だったが、小五郎は手探りで進んだ。

およそ三間《けん》（約五・四メートル）ほど進んだ突き当たりを上がると、裏の路地を挟んだ一軒家の庭に出た。

長らく空き家らしく、建物が朽《く》ちている。

この場所に、見張りの目は届いていない。

「やられたな」

小五郎が、穴から出てきたかえでに言い、悔しげな顔を空に向ける。

「隠し穴を使って出かけたということは、今夜、押し込みをするのではないでしょうか」

かえでに言われて、小五郎は鋭い目をした。

「旅籠か」

「近くには、札差《ふださし》が並んでいます」

「奴らの次の狙いは、札差ということか」

「いかがいたしますか。今夜だとすれば、間がございませぬ」

かえでに言われて、小五郎は腹を決めた。

「急ぎ殿にお知らせし、我らは旅籠を見張る。殿のお達しが来る前に奴らが動けば、我らだけで防ぐ。ただし、頭目《とうもく》は殺すな。黒幕が井坂是守道ならば、頭目はそこへ逃げるはずゆえ、必ず隠れ場所を突き止めろ」

小五郎は厳命し、配下の一人を左近のもとへ走らせると、かえでと六人の配下を連れて蔵前に向かった。

小五郎からの知らせを受けた左近は、八人では逃げられると思い、焦った。

「急ぎまいる。間部、盗賊改方と町奉行所に、旅籠の名と場所を知らせよ」

「はは」

応じた間部が、配下の者に命じて馬を出させる。

左近は、宝刀安綱を腰に帯《お》びた。

手練《てだれ》の家臣五十名を引き連れて根津の屋敷を出陣し、蔵前に向かった。

いっぽう、左近からの知らせを受けた盗賊改方と町奉行所は、市中見廻りの者は呼び戻さず、役宅や奉行所に残っていた者をすべて出役させた。

浅倉衿道は、与力二騎、同心十名を引き連れて、どこよりも早く左近に合流してきた。

浅倉が左近の馬前に出て、片膝をつく。

「甲州様、お指図を」

「我らの接近を盗賊どもに悟《さと》られぬよう、網を縮めるように近づくのだ。大通りから裏路地にいたるまで、隙間なく人を配置せよ」

「はは!」

「敵は手強い。町奉行所と他の盗賊改方が来るまで動くでない」

「承知!」

浅倉が立ち上がり、配下の者を連れて左近に従った。

わずか八人で旅籠を見張っていた小五郎は、旅籠の隣にある商家の屋根の上に潜み、盗賊が動くのを待っていた。

旅籠の部屋からは明かりが漏れているのだが、やけに静かだった。

左近に知らせを走らせて、すでに二刻(約四時間)は過ぎようとしている。

夜更けの蔵前は人通りが絶え、商家も明かりが消えている。

「捕り方が来ました」

配下の者が、大通りを示しながら言う。

小五郎が屋根を移動して見ると、盗賊改方の高ちょうちんの明かりが、通りをまっすぐに向かってくる。

明かりはそれだけではなかった。

一斉に上げられた高ちょうちんが、四方から押し寄せてくる。

「捕り物がはじまる。皆、抜かるなよ」

小五郎は言い、高ちょうちんの明かりから逃れた。

旅籠を一斉に取り囲んだのは、左近の命を受けた浅倉衿道だ。

通りを埋め尽くすほどの捕り方は、遅れて駆けつけた町奉行所の連中と、浅倉の同輩たちである。

小五郎は、後方に陣取《じんど》る甲府藩の高ちょうちんに目をやり、その明かりの下で馬にまたがる左近を見つけた。

「殿のお出ましだ」

配下の者に教えてやると、士気が高まるのがわかった。

左近の命を受けた甲府藩士が屋根に上がり、葵《あおい》の御紋《ごもん》のちょうちんをかざす。

下では、歩み出た浅倉が旅籠の前に立ち、鋭い目を向けた。

不意を突かれた又十郎は、まさに、札差を襲うために出ようとしていたところだった。

五

外を見張っていた配下の者が段梯子を駆け上がり、

「お頭、捕り方に囲まれました」

この状況で、落ち着きはらった声で告げる。

配下が配下なら、頭目の又十郎もしかり。

唇に薄笑いを浮かべ、配下に目を向ける。

「綱豊の手の者につけられていたか」

そう言われたのは、根津で左近を襲撃し、長屋で小五郎に見張られていた男だ。

黙って頭を下げて詫《わ》びた男が、仲間が持っていた鉄砲を奪い、下へ向かう。

見送った又十郎が、皆に告げる。

「殿の命に従い、綱豊を襲ったのは間違いであったと、思うてはならぬ。これは、綱豊を仕留められなかった我らの未熟さが招いたことじゃ。殿を悲しませぬためにも、ここはなんとしても切り抜ける。よいな」

　配下の者たちはうなずき、刀を抜いた。

「盗賊改方である！」

浅倉が大音声《だいおんじょう》で告げた。

返答がないので、打ち壊しを命じる。

掛矢《かけや》（大型の木槌《きづち》）を持った配下の者が前に出て、閉《た》てられている戸を打ち壊した。

「それ！」

捕り方が中に突入しようとしたその時、銃声が響き、撃たれた捕り方が通りの中ほどまで飛ばされた。

驚く捕り方の前に、黒装束の男が出てきた。

又十郎と仲間のために、命を捨てる覚悟だ。

凄《すさ》まじい剣気に、捕り方が怯《ひる》む。

「かかれ！」

浅倉が叫ぶと、与力の前田が真っ先に斬りかかった。

「つあっ！」

刀を打ち下ろすのを軽々と弾《はじ》き上げた敵が、前田を斬り、前に出ながら捕り方を次々と倒していく。

浅倉が抜刀し、捕り方を押しのけて前に出る。

足を開き、低く刀を構える敵が、鋭い眼光を向けてきた。

浅倉が正眼《せいがん》に構え、敵との間合いを詰める。

敵が刀を下から斬り上げる。

浅倉はそれを受け止め、刃《やいば》を絡めて振るい上げると、返す刀で斬った。

倒れる敵を見て、浅倉が旅籠に鋭い目を向ける。

「何をしておる、一人残らず成敗せよ！」

そう叫ぶと、捕り方がちょうちんをかざして突入した。

表の動きに合わせて、旅籠の裏からも盗賊改方が突入し、中で待ち構えていた盗賊どもと斬り合いがはじまった。

盗賊は激しく抵抗し、捕り方が次々と斬られてしまったが、時間が経《た》つにつれて数で押しはじめ、一人、また一人と盗賊が斬られ、あるいは、突棒《つくぼう》や刺股《さすまた》、鉤縄《かぎなわ》などで搦《から》め捕《と》られて動きを封じられ、捕らえられていく。

その中で、又十郎と、その側近の二人が鬼神《きじん》のごとく闘い、押し寄せる捕り方を斬り抜けて外に出ると、配下の者たちを見捨てて屋根に駆け上がった。

だが、屋根には左近の家臣と、駆けつけた堀田大老の兵たちが待ち構えていた。

蠢《うごめ》くちょうちんの中に、堀田家の家紋を見つけた又十郎は、

「大老の兵を蹴散らし、殿を喜ばせてさしあげよ」

命じるや、応じた側近の二人が、刀を提《さ》げて屋根を跳び移り、猛然と斬りかかった。

かえでは仲間を引き連れ、堀田家の家臣を斬り抜ける三人のあとを追う。

堀田の兵を倒して突破した又十郎は追っ手に気づくと、側近の二人を差し向けて逃げた。

小五郎が配下を一人連れて、又十郎を追う。

かえでは引き返してきた二人の敵と刀を斬り結び、屋根の上で激しくぶつかる。

又十郎の側近の太刀筋《たちすじ》は凄まじく、かえでの仲間が腕を負傷し、立て続けに二人目が足を斬られた。それでも、仲間が手裏剣を投げ打ち、敵が弾いた隙を突いて別の仲間が斬りかかり、ようやく一人を倒した。

かえでは、対峙《たいじ》しているもう一人の敵と睨み合いになっていた。

覆面の奥にある目は、旅籠の前に立ち、客引きに見せかけて仲間を引き入れて

いた小女と同じ目をしている。

この女忍びは、井坂のそばにいた下女のおこまだ。忍びが女だとは思っていなかったかえでの、一瞬の隙を見逃さなかったおこまが、猛然と斬りかかる。

小柄ながらも激しい攻撃をするおこまの剣に、かえでは防戦一方となる。

闇の中でぶつかる刀の火花が散り、腹を蹴られたかえでは後ろに飛ばされて、切妻屋根《きりづまやね》の端に追い詰められた。

「死ね！」

おこまが走り、跳び上がって刀を振り上げた。

かえでが咄嗟《とっさ》に横に転じてかわす。

おこまの刀が瓦《かわら》を突き割り、屋根板に達した。

引き抜く一瞬の遅れが、おこまの命取りとなった。

かえでが投げた刀に脇腹を貫《つらぬ》かれたおこまは、腹を抱えて呻き声をあげると、屋根から落ちた。

かえでが戻ると、旅籠の闘いは終わっていた。

盗賊改方と町奉行所の者たちが協力して、捕らえた盗賊たちを旅籠の前に座らせ、命を落とした捕り方の者たちは、仲間の手で丁重《ていちょう》に運び出されている。

かえでは、怪我《けが》をした仲間を助けて屋根から下りると、甲府藩のちょうちんを目指して移動した。

馬上の左近の前に出たかえでが、片膝をつく。

左近は馬を下り、かえでに訊いた。

「小五郎はどうした」

「頭目と思《おぼ》しき者を、追っていかれました」

「怪我はないか」

「はい」

「ご苦労だった。下がって休め」

「しかし、小五郎様が」

「案ずるな、小五郎は抜かりのない男だ」

「はい」

「間部、あとは堀田殿にまかせて、我らは引きあげるとしよう」

「承知いたしました」

間部が藩士たちに号令する。

この時になると、蔵前のあたりは、旅籠の騒ぎを知った見物人たちが大勢出てきて、道が塞がれていた。

「かえで、供をいたせ」

左近はそう言うと、かえでと共に路地を抜けて、根津の屋敷へ帰った。

小五郎の使いが戻ったのは、程なくのことだ。

「敵の頭目は、神田明神門前の、山泉という休み処に入りました」

庭で片膝をついて告げる忍びに、左近はうなずく。

「かえで」

「はい」

「行こうか」

左近は安綱を手にして、立ち上がった。

六

井坂是守道は、伊吉とおけいに、千両箱を荷車に積み込ませていた。

又十郎は、店に火をつける支度にかかっている。神田明神の門前に火をつけ、混乱に乗じて逃げるつもりだ。

縁側に座り、月を眺めていた井坂が、又十郎に言う。

「そちの配下の者は獄門《ごくもん》になろうが、おかげで金は十分に集まった。余はこの金を元手に大商人になり、この国を金で支配してやる。又十郎、伊吉、おけい、そちたちの力がまことに必要なのは、これからじゃ。商いに邪魔な者を、始末するのじゃ」

「承知いたしました」

又十郎が応《こた》えると、井坂は野望に満ちた顔でくつくつと笑った。

最後の千両箱を荷車に載せ、布で覆《おお》い隠した伊吉が井坂に告げる。

「殿、支度が整いました」

「うむ、又十郎、焼き払え」

「はは」

又十郎が松明に蠟燭《ろうそく》の火を移そうとした時、空を切る音に気づいて身体を転じた。

蠟燭の芯《しん》が斬り飛ばされ、手裏剣が柱に突き刺さる。

その手裏剣は、又十郎が小五郎に投げた物だった。

「これは……」

言った又十郎が、庭に鋭い目を向ける。

月明かりの下に立つ人影に、又十郎が手裏剣を投げた。

扇子《せんす》で弾いたその者が、前に出る。

単を着けた浪人風の若侍に、井坂が苛立ちの声を投げかける。

「何奴じゃ」

「甲府藩主、徳川綱豊」

左近は名乗るや、安綱を抜刀して荷車の車輪を斬った。

傾いて横転した荷車から千両箱が崩れ落ち、小判が音を立てて散らばる。

「罪もない多くの者の命を奪った貴様らの所業、この綱豊、決して許さぬ。地獄へ行き、業火《ごうか》に焼かれるがよい」

ゆるりと立ち上がった井坂が、不気味な笑みを浮かべる。

「徳川の若造めに斬られる余ではない。者ども、こ奴を斬れ」

井坂の命に応じた伊吉とおけいが、忍び刀を抜いた。

又十郎が手裏剣を投げたが、左近の前で火花を散らして落ちた。小五郎の手裏剣に弾かれたのだ。

小五郎とかえでが、左近に斬りかからんとしていた伊吉とおけいの前に跳び下り、刀を抜いて斬りかかる。

それを横目に、左近は安綱を構え、又十郎と対峙した。

刀を右手ににぎり、低く構えた又十郎が、獣《けもの》のごとく前に出る。

「むん！」

凄まじい太刀筋で横に一閃《いっせん》された切っ先を、左近が紙一重《かみひとえ》でかわす。返す刀で胴を狙い、足、胸、という具合に太刀筋を変えて襲ってくる。

左近は、又十郎の素早い剣に応じて、安綱で受け流した。

胸を蹴られた左近が、抗《あらが》わず跳びすさって間合いを空け、涼しい顔をして安綱を構える。

その様子に、又十郎は焦った。

「おのれ」

そう言うと、深い息をして脇構《わきがま》えに転じる。

左近は安綱の切っ先を下ろし、刃を左に向けて構えた。

又十郎が猛然と前に出る。

左近は又十郎が刀を振るう前に足を出し、斬り上げた。

両者すれ違い、左近は安綱の切っ先を井坂に向ける。その背後で、又十郎が倒れた。

「なかなかやりおる」

井坂が言い、持っていた刀を抜いて正眼に構えた。

安綱を八双《はっそう》に転じる左近を見て、井坂が訊く。

「流派を聞いておこう」

「葵、一刀流」

左近が答える隙を突き、井坂が斬りかかった。

袈裟懸《けさが》けに斬り下ろされた井坂の刀を、左近が弾き返す。

「むっ、うっ」

剣気の凄まじさに驚き、井坂が引く。

その時、伊吉が小五郎に斬られ、かえでがおけいを斬った。

目を血走らせた井坂が、歯を食いしばり、恨みに満ちた目で左近に斬りかかった。

「おのれ！」

「むん！」

左近は、斬り下ろされる相手の刀と擦《す》り合わせるように、安綱を打ち下ろした。

額《ひたい》を斬られた井坂が、打ち下ろした刀をにぎったまま、棒のように倒れた。

懐紙で安綱を拭い、静かに納刀《のうとう》した左近は、目をつむって長い息を吐いた。

数日後、堀田大老から報告を受けた綱吉は、江戸を恐怖に陥れた盗賊の正体を知り、浮かぬ顔をした。

「大名が盗賊になり下がるとは、世も末じゃ。二度とこのようなことを起こさぬためにも、不祥事《ふしょうじ》を起こした者は、誰であろうと処分を急がねばなるまい」

綱吉の怒りは、しゃべっているあいだにも増していく。

そして、堀田に命じた。

「これよりは、罪状が明白となった大名は、猶予《ゆうよ》などと甘いことを申さず、即刻切腹させよ」

「心得ました」

「手柄をあげた盗賊改には、余から褒美《ほうび》を取らす」

「そのことでございますが……井坂を成敗したのは盗賊改方ではなく、綱豊様にございます」

「何、それはまことか」

「はい」

「そうか、綱豊であったか」

さすがだという顔を綱吉がするのを見て、堀田が顔を引きつらせる。

そばに控えていた牧野が、綱吉に言う。

「噂が江戸中に広がり、綱豊様の人気が高まっております。これは、いかがなものかと」

「よいではないか」

綱吉は口ではそう言ったが、その場にいる者に背を向けた顔は、嫉妬《しっと》で鋭い目つきとなっている。

「おそれながら」

柳沢保明が口を出したので、

「控えよ」

と、堀田が不快げに制する。

「構わぬ、申せ」

綱吉に促《うなが》され、柳沢が言った。

「綱豊様は、徳川将軍家親藩のあるじ。綱豊様のご活躍は、将軍家であらせられます上様あってのこと。江戸の民のみならず、諸国大名、旗本、御家人にいたるまで、そのことを承知したうえでの人気でございましょう。新見左近なる一介《いっかい》の浪人者がしたことであれば、ここまでの騒ぎにはなっておりませぬ」

「気休めはいらぬ」

綱吉は強い口調で言ったが、目は笑っていた。

柳沢は、さらに続ける。

「綱豊様の絵までもが市中に出回っておりますが、今頃、お困りではないかと」

「なるほどのう」

綱吉は笑みを浮かべた。

「綱豊のことじゃ。屋敷でおとなしゅうしてはおるまい。まさか無様に頬被《ほおかぶ》りなどして歩いてはおるまいな」

「さすがに、そこまでは」

柳沢が言ったその頃、藤色の単の浪人姿で浅草にくだった左近は、町の者が持っていた絵を見て、愕然《がくぜん》としていた。

——甲州様大活躍。

と書かれた字の下には、化粧をして派手な着物を着た若侍が、盗賊を踏みつけ、誇《ほこ》らしげに笑っていたからだ。

似ても似つかぬ顔だったが、左近はその場から逃げるようにして通りを歩んだ。

花川戸町に行き、お琴の店に入ろうとして、左近は、ぎょっとした。

お琴の店の入口に、甲州様大活躍の絵が貼られていたのだ。

裏に回ろうと歩みを進めると、見送りに出たおよねが、中年の女の客に絵を見せながら言った。

「甲州様、あたしの好みなのよう」

聞いてしまった左近は、およねもまったく気づかぬ「甲州様大活躍」の絵をふたたび眺め、思わず笑みがこぼれた。

双葉文庫

さ-38-24

浪人若《ろうにんわか》さま 新見左近《にいみさこん》 決定版《けつていばん》【九】

大名盗賊《だいみようとうぞく》

2022年11月13日 第1刷発行

【著者】

佐々木裕一《ささきゆういち》

【発行者】

箕浦克史

【発行所】

株式会社双葉社

〒162-8540 東京都新宿区東五軒町3番28号

[電話] 03-5261-4818(営業部) 03-5261-4868(編集部)

www.futabasha.co.jp(双葉社の書籍・コミックが買えます)

【印刷所】

中央精版印刷株式会社

【製本所】

中央精版印刷株式会社

【フォーマット・デザイン】

日下潤一

ISBN978-4-575-67137-7 C0193

Printed in Japan